2DB 二次元ドリーム文庫

奴隷の私と王女様

～異世界で芽吹く百合の花～

挿絵 ここあ

上田ながの

登場人物紹介

レイン=ファル=アスタローテ

異世界の王女様。常にクールで感情を表に出さないが、国を想う気持ちは人一倍。自分と違う世界からやって来たという愛に興味を持つ。

水城《みずしろ》 愛《あい》

普通の女子校生。異世界に来てからすぐにレインの奴隷となってしまう。活発な性格だが家庭の事情で他者の気持ちには敏感な一面も。

序章　ＪＫ異世界へ行く

（今日も暑いなぁ）

後頭部で結った明るい色の髪を揺らしながら、水城愛《みずしろあい》は一人、家路に就《つ》いていた。ギラギラと照りつける太陽にうんざりとした表情を浮かべながら……。

今日は土曜日で学校は半日。それは正直嬉しい。けれど、真夏の炎天下を歩く羽目になるというのはちょっといただけない。垂れ流れてくる汗を手で拭いつつ、どこかでアイスでも食べようかなぁ？　などと考える。

「あれ、愛じゃん」

「ん？　ああ、蒼葉《あおば》……それに雪菜《ゆきな》じゃん。久しぶり」

振り返る。声をかけてきたのは中等部時代の友人である三日月《みかづき》蒼葉だった。いや、蒼葉だけじゃない。隣には彼女の幼馴染みでもある桃園《ももぞの》雪菜の姿もある。

「……久しぶり」

ボソッとした言葉、頭を下げるのも少しだけだ。中等部時代もそうだったが、雪菜は相変わらず無愛想らしい。なんとなく苦笑しつつ「二人は相変わらず一緒なんだ」と呟いた。

蒼葉と雪菜、昔からいつも二人はセットだ。どこに行くにも、何をするにも二人一緒。幼馴染みというよりも姉妹といった方が正しいくらいに……。

（いや、この二人の場合それはちょっと違うか）

二人の関係はちょっと特殊だ。ただ友人として互いを求めているのではない。二人とも親友として以上に想い合っていた。女同士だが、両想いである。ただ、どちらも相手の想いには気付いていなかった上、その気持ちを隠していた。

気持ちは分かる。なにせ女同士だ。想いを伝えて拒絶されたら……。それが原因でこれまでの関係が崩れてしまったら……。そう考えれば告白に踏み切れないのも当然だ。

愛は昔から他者の気持ちに結構敏感な方である。そうなった原因は五年前のことだ。

五年前のこと、忘れられない出来事……。

あの日、父と母、そして愛は車で出かけた。家族旅行だ。本当に楽しい旅だった。しかし、その帰り道、事故に遭い、父と母は帰らぬ人となってしまった。ただ一人だけ、愛は残されたのである。そして、愛は叔父夫婦に引き取られた。血の繋がりはあるけれど、これまで家族ではなかった人達に……。結果、愛は他者の気持ちというものに敏感になったのである。もし、叔父達を怒らせて捨てられたらと考えると恐ろしかったから……。とはいえ、叔父夫婦は本当に優しく、そうした考えは取り越し苦労だったのだが。

そういうわけで、愛は二人の想いになんとなくだが気付けたのである。しかし、それは愛だからこそだ。普通は気付けない。それ故に互いの心に気付けない二人は、自身の想いに必死に蓋をしようとしていた。とても辛そうな様子で……。

（気持ちは分からなくもないけど、でも、あたしにはその辺ちょっと理解できないな）

辛いのならば想いなんて捨ててしまえばいいのに——愛はそう思う。

苦しむくらいならばさっぱり諦めて次に進めばいいのだ。

(ま、人それぞれだからね……。考えても仕方ないか)

すぐに思考を放棄した。考えても仕方ないことは考えない。だって考えたところで意味なんかないから……。

楽しい旅だったのに、両親を失うことになってしまった。あの事故で悟ったのだ。人なんていつ、どんな形で終わってしまうのか分かったものではない——と。だから答えが出せないことを考えたりなんかしないし、何かに一生懸命になるってことだってしないのだ。

ただ、だからといって「けっ！　人生なんて最悪だよ」という色々諦めて絶望した人間というわけではない。それどころかどちらかというと明るい人間に育っていると自分でも思っている。それは偏《ひとえ》に友人や愛を引き取ってくれた叔父夫婦のお陰だろう。優しく接してくれたみんな。愛を愛してくれたみんな。お陰で腐らずに済んだ。

「もしかして一人？」

愛の思考には気付いた様子もなく、蒼葉が首を傾げて尋ねてくる。

「うん。鈴菜《すずな》は部活、洋子《ようこ》はデートだってさ」

蒼葉達も知っている友人の名前を出した。

「そうなんだ。だったら私達と一緒に遊ぶ？　これから駅前に行くんだけどさ」

「駅前ねぇ」

ゲーセンとかで遊ぶというのは悪くない気がする。ただ……。

チラッと雪菜へと視線を向ける。

「…………」

無言で無表情だ。何を考えているのかちょっと分からない顔である。ただ、それでも、あまり嫌がっていないことは分かった。

（蒼葉は社交的な方だけど、雪菜はそうじゃなかった――と思ったけど、何か変わった？）

愛が知っている以前の雪菜なら嫌がったような気がしたが、何かあったのだろうか？

と、そこまで考えたところで、蒼葉と雪菜のカバンにぶら下がっているマスコットに気がついた。同じものだ。いや、マスコットだけじゃない。よく見ると二人は首からペンダントも下げている。これも同じものだった。マジマジとそれを見つめてしまう。

「ん？　あっ！」

その視線に蒼葉が気付いた。蒼葉は慌《あわ》ててそのペンダントを首元にしまう。そうした反応に雪菜も僅《わず》かだけれど頬を赤く染めた。

（ああ、そういうことね）

すぐに二人の関係に気付く。

（そっか、想いが通じたんだ。なるほど）

それで雪菜も変わったのだろう。自然と口元に笑みが浮かんだ。

「えっと、その……愛……どうする？」

誤魔化《ごまか》すように改めて蒼葉が尋《たず》ねてくる。

「ああ……あたしはいいや。ちょっと用事思い出した」

恋人同士のデートを邪魔するつもりなんかない。

「そう、えっと……それじゃあまた次の機会に」

「うん、そん時はよろしく」

ヒラヒラと手を振る。二人は微笑むと（雪菜はほとんど分からないレベルだが）、愛を残してこの場を離れていった。並んで歩く二人の距離は、肩がくっつきそうなほど近かった。

（……恋人か）

会話は少ししかしていない。けれど気付いた。二人の表情が前よりも格段に明るくなっていたことに……。

（両想いになるって人が変われるくらい凄いことなのかな？　そういえば洋子も前よりなんか最近は余裕があるように見えるし。恋人って凄いのかも……。ま、あたしには理解できなそうだけど）

愛はこれまで人を好きになったことはない。尊敬できるとか、友人として好きだとか思ったことは沢山ある。しかし、この人を愛している――とまで強い感情を抱いたことはなかった。いや、それは恋という想いには留まらない。部活などに関してもそうだ。

スポーツに一生懸命になる――みたいな思いが理解できない。何をしてたって終わる時は一瞬なのだから……。

だから、恋とか部活とかをするくらいなら、本とかを読んでいた方がマシだと愛は思っている。ただ読むだけ、それならばいつ終わったって別に後悔はないと思うからだ。そういうわけで愛はいつも何かしらの本をカバンに入れている。

ただ、だからといって部活や恋をしている人間を馬鹿じゃない——？　と馬鹿にするつもりはない。それどころか寧《むし》ろ、羨《うらや》ましいとさえ思っていた。

（あたしにもいつか何か、一生懸命になれることができればなぁ）

去りゆく蒼葉達を見つめながら、しみじみそんなことを考えた。両親を失った事故を忘れられるくらいの何かがあれば——と。

ヴィイイイン。

「——へ？」

妙な音が唐突に背後から聞こえたのはそんな時のことだった。

「……なにこれ？」

思わず振り返る。するとそこには巨大な鏡のようなものがあった。

（なんでこんなものが？）

道のど真ん中だ。邪魔なことこの上ない。一体誰が置いたのか？　というか、さっきまでこんなものがあったのだろうか？　思わず愛は周囲を見回す。

（ん？　え？　どういうこと？）

そこでおかしなことに気がついた。

ここは街中だ。当然人通りも多い。だというのに、誰もこの鏡に気付いていないのだ。明らかに通行の邪魔にしかならない異様な物体があるというのに、誰もが素通りしていく。この鏡があること自体が自然だから——というワケではない。誰の目にも映っていない。愛にはそう思えた。

(見えてない？　みんなおかしい？　っていうか、この場合オカシイのはあたし？　えっと……目が変になった？　幻覚？　変な薬とかやった覚えないけど……。どっかに頭をぶつけたとか？)

必死に思考する。鏡が見える理由を考える。しかし、まともな答えを導き出せない。

(ダメ……。考えても無駄無駄)

結局は思考を放棄した。とはいえ、それでもやはり鏡の存在は気になってしまう。困惑しつつも愛は数度深呼吸した上で、ゆっくりと鏡に向かって手を伸ばしてみた。幻ならば触れられない。存在しているならば触れられる。少し怖いがそれくらいは確かめてみたい。

ソッと指先を鏡に添えた。

カアアアアアアッ！

「きゃっ！」

その瞬間、鏡が凄まじい光を放つ。強烈《きょうれつ》な閃光に全身が包み込まれた。視界が真っ白に染まる。

そして――

「え？　ええっ⁉　ここ……どこぉっ⁉」

気がつけば愛は見知らぬ街にいた。

石畳の街である。周囲に立ち並ぶ家々は――石造りの家が多いような気がした。屋根の形は見事な三角形。明らかに日本の住宅ではない。なんというか、ヨーロッパの古い街並みで見られる家々に似ているような感じだ。しかも、少し遠くには城としか言えないようなものまで建っている。

その上――

(が……外国人？)

歩いている人々も、明らかに違った。

肌の色は白。髪の色は金色《こんじき》やら赤色やら様々だ。瞳の色も青かったりする。顔立ちは鼻が高くて彫りが深い――欧米の人間にしか見えなかった。

(ここ……アメリカ？　いや……ヨーロッパ？)

米国と言うよりは北欧とか言った方が正しい気がする。

(って、それも多分違うよね。だってこんな街……)

一台も車が走っていない。人々が身に着けている衣服も、中世を扱った漫画や映画で見るようなものばかりだ。現代の人々が普段着で用いるものにはとてもではないが見えない。

(まさかとは思うけど……これってタイムスリップ？　いえ、というよりも……これって

多分……あれよね……異世界転移

最近よく読む小説のシチュエーションを思い出した。

（あの鏡があたしを転移させたってこと？　誰かによる召喚ッてやつ？　え？　待って、だとするとあたしを呼んだ人が……）

キョロキョロと周囲を見回す。しかし――

（それらしい人がいない。えっと、それじゃあなんであたしはここに来ることに？　というか、どうすればいいの？）

どう行動すべきかが分からない。基本、愛はゲームをする時も説明過多なものが好きだ。次にどこに行くべきかとか、何をすべきかとか、一々言ってくれるゲームでないとする気が起きない。自由だからなんでもやっていいよ！　というタイプのゲームはすこぶる苦手だった。何をすればいいのかが分からなくなってしまうから……。

行動指針が分からない。なんだか怖くなってきてしまう。

（いや、待て待て待て……落ち着いて考えるのよ。思い出すの。これまで読んできた異世界ものを……。異世界ものの主人公って何をしてきた？　えっと……そう、そうよ！　知識！　いわゆる現代知識を駆使するのよ!!）

異世界にはない現代日本で得た知識を使って頭角を現す。この世界にはない品物を作ったり、インフラを整えたり、戦争の指揮をしたり――とかだ。そうすることで異世界人達の尊敬を手に入れ、ハーレムを築く！　それこそが転移者のすべき――

（いやいやいや、ハーレムはないから。でも、現代知識を駆使するってのはありよね。というか、それしかできないわよね。現代知識で異世界無双！　それこそが転移もののだいご……み……なんだけど……）

そこまで考えたところでとんでもないことに愛は気付いた。

（こういう異世界で無双できるような知識……あたしにはないわよ）

という事実に……。

当たり前だ。愛はごく普通の学生でしかない。しかも、どちらかというと勉強などに関しては不真面目な方だった。成績は中の中程度でしかない。この世界の人々に教えを広めることなど不可能だ。寧ろ教えて欲しい、どうやって生きていくべきか——を。

「どどど……どうすればいいの⁉」

途端に血の気が引いてきた。

思わず救いを求めるように、再び周囲を見回す。すると、気がつけば愛の周りには人だかりのようなものができていた。大勢の外国人にしか見えない人々が、愛をどこか胡散臭げな目で見ている。完全に不審者に向ける視線だった。

（そりゃそうよね。この人達とは明らかに人種が違う上、服装だって違いすぎるもんね。自分で言うのもなんだけど、不審なことこの上なさすぎる！）

現在愛が身に着けているのは学校の制服だ。スカートにワイシャツにニットベストという格好。スカートは丈が短く、ちょっと油断すればショーツが見えてしまいそうなレベルである。それに対し、この世界の女性達は皆、くるぶしまで隠れるような長い丈の服を着ていた。どう考えても愛の服装は浮いている。彼らが警戒するのも無理はないだろう。

（これ……い、いきなり襲われるとか……そういうことはないよね？）

不安を覚えざるを得ない。

（ど、どうしよう？　敵意がないことを伝える？　でも、言葉って通じるのかな？）

異世界転移ものの基本パターンだと、不思議な力で言葉くらいは通じるはず。けれど、これは物語ではなく現実だ。そう考えるとそうそう上手《うま》くはいかないような気も……。

「おい、貴様」

が、その心配は杞憂《きゆう》だった。

「あ、は、はいっ！」

聞き取れた。自分に向かって発せられたと思われる言葉を……。

（助かったぁああ～）

言葉が通じる。それだけでなんだか安心してしまう。ホッと息を吐きつつ、振り返る。

そして、愛は硬直することになった。

何故《なぜ》ならば、そこに立っていたのは普通の人ではなく、鎧《よろい》と槍《やり》を身に着けた、どこからどう見ても兵士としか言えない人間だったから……。

「……平たい顔の女……見慣れん人種だな」

（ひ、平たい顔……）

そりゃここにいる彫りが深い人々に比べたら十分平たい顔だが……。

「貴様、どこから来た？」

「どこからって……それはその……」

なんと答えればいいのだろうか？　と、一瞬迷ったが、隠す意味などあまりないことに気付く。寧ろ話した方がいいかも知れない。兵士ならば召喚術とかを使える魔術師っぽい人を知っているかも知れないから……。

「日本です」

「にほん？」

不思議そうに兵士は首を傾げた。どうやら聞き覚えはないらしい。いや、兵士だけではない。周りに集まっている野次馬達も「にほんってなんだ？」「何かを二本持ってるってことか？」などとざわつきながら話をしている。誰も知らないようだ。

「聞いたこともない国だな。その国はどこにある？」

「どこって……それはその……い、異世界？」

そう答えざるを得ない。

「…………………」

兵士は黙り込んだ。

ジッと無言で愛を見つめてくる。

「あ、あのぉお……」

なんだか不安になり、声をかける。

するとその瞬間、ガチャンッと手錠のようなものを嵌《は》められてしまった。手錠と言うよりも手枷《てかせ》と言った方が正しそうなほどの大きさである。

「え？　へ？」

「どこの誰かも分からぬ女――他国間諜《かんちょう》の可能性もある。きっちり取り調べさせてもらうぞ。覚悟しておけよ！」

「ちょっ！　嘘……嘘でしょぉおおおおっ！」

あまりに唐突すぎる展開。愛にできることはただ悲鳴を上げることだけだった。

＊

「うう……いかにも牢屋って感じ……」

連行された先は城だった。ただ、城とはいっても地下。しかも牢獄である。かび臭い上に湿気が凄い。それほど暑くはないというのに、湿気のせいで勝手に汗が流れ出るレベルだ。実に不快である。この場にいるだけでも病気になってしまいそうな場所だった。

「牢にぶち込まれた上、取り調べって……。どんなことされるんだろう？　もしかしてえ、エッチなこととか？」

これまで色々な本を読んできた。中にはそれなりにエッチな本も……。そのせいかちょっと思考が〝そっち〟よりになってしまうことも結構あるのである。

（それはイヤだなぁ……）

先程の兵士に何かされる様《さま》を想像してみる。それだけでブルッと身体《からだ》が震えた。

（ああ、なんでこんなことに……）

わけが分からない。ただ普通に学校から帰っていただけのはずなのに何故こんなことに？　あまりに展開がジェットコースターすぎる。

（逃げたりできないかな？　って、できないよね）

牢の扉はしっかりと閉められているし、鉄格子の隙間は狭く、通り抜けだってできそうにない。よしんば何らかの方法で牢から出られたとしても、外にはしっかり完全武装した牢番も立っている。

（異世界転移でそのまま一気にゲームオーバーって奴？）

これではお話になんかならない。

（異世界に転移とか転生して大成功する人の影には、こういう人間もいるってことなのかなぁ？　はぁああ……）

自然と溜息が出た。

（まぁ、仕方ないか……）

人生とはままならないものだ。愛はそれをよく知っている。起きてしまった出来事を変えることはできない。流されるしか、諦めるしかないのだ。

（ただ……叔父さんと叔母さんにはちょっと申し訳ないかな）

二人が悲しむ姿を想像する。ちょっと胸が痛んだ。

「おい」

ここに愛を連行してきた兵士が戻ってきたのはそんな時のことである。

「あ、その……なんですか？　えっと……あたし……別にスパイとかじゃないですよ。だからその……拷問とか……やめて下さいね」

起きてしまった事態は受け入れるしかない。ただ、できる限り痛いことは避けたい。

「拷問か……確かにそのつもりだったが、そういうわけにはいかなくなった。出ろ」

牢が開けられる。

「えっと、もしかして釈放ってやつ？」

もしかして誰か奇特な人が自分を救ってくれたのだろうか？　それとも自分を召喚したこの国のお偉いさんとか？　そんな妄想をしてみる。

「違う。貴様を取り調べたいという方がいるんだ。その方のもとにお連れする」

妄想は外れだったらしい。が、全部不正解というわけでもないようだ。

「えっと……偉い人なんですか？」

兵士の口調がかなりへりくだったものだったので、そう予想してみる。

「偉い？　そんなもんじゃない。いいか、これから貴様が会うのは、我がアスタローテ王国王女レイン＝ファル＝アスタローテ様である。陛下と並んで我が国の為に政を行って下さっている御方だ。だから貴様、絶対に無礼な真似はするなよ」

ギロッと睨《にら》みつけられる。

「は……はいっ」

その迫力に反射的に頷《うなず》きつつ——

（王女？　お姫様？）

そんなものが本当にいる。やっぱりここは異世界なんだ——と改めて考えるのだった。

＊

「姫様、連れて参りました」

執務室——と書かれた部屋の戸を兵士が叩く。

（字……読めるわね）

明らかに日本語ではない。が、一目見ただけで愛は文字を理解した。話し言葉が認識できるだけではなく、識字も可能らしい。やはり何か魔法的なものを感じた。

「……お通しして下さい」

丁寧な言葉が室内から返ってくる。

「はっ！」

兵士は向こうに見えているわけでもないというのに一度敬礼すると、ギロッとまたしても愛を睨みつけてきた。

「いいか、間諜の容疑をかけられている人間が姫様に謁見《えっけん》することなど本来ならば絶対に許されないことだ。取り調べとはいえこれは特例中の特例。そのことを肝に銘じておけ」

「り、了解です」

なんとなく敬礼してみせる。ただ、手枷をつけた状態なので両手を上げることとなってしまった。その妙な姿勢を見て兵士は「くっ」と少しだが笑った。

(案外親しみやすいおっさんかもね)

「……何か失礼なことを考えたか？」

「い、いえいえ、そんなことないですよ。それよりその、早く中に……」

「む……そうだな」

兵士は表情を引き締めると、ゆっくりと扉を開いた。

まずは兵士が中に入る。愛は一度大きく深呼吸すると、それに続くようにして執務室に足を踏み入れ――立ち尽くした。

「失礼します」

執務室――それほど大きくはない部屋である。置かれているのは本棚に机だけだ。実に簡素である。書類仕事などの執務を行うだけならばこの程度で問題ないのかも知れない。けれど、ここに来るまで見てきた城内の装飾は実に華美なものだった。様々な彫刻が立ち並び、色々な絵画が飾られていた。絢爛《けんらん》豪華な貴族文化を思わせる内装だったと言えるだろう。だというのに、この部屋には一切それらがない。実務だけを考えているという感じだ。

だが、それでも、愛はこの部屋に城中のどこよりも華を感じた。

その理由は執務室の机に座る一人の少女にある。

白い肌に腰の辺りまで届く長い黒髪の女の子だ。ちょっと憂いを含んだ感じがする瞳の色は金。吸い込まれそうなくらい深いその瞳は、まるで宝石みたいに見える。真っ直ぐ通った鼻梁《びりょう》に、艶やかな唇という顔立ちは、同じ女なのに見惚《みほ》れてしまいそうなくらいに美しい。年の頃は愛と同い年——もしくは一つか二つ下だろうか？　ただ、年下とは思えないほどに胸元は大きい。身に着けている青色のドレスの胸元が大きく開いているせいで、谷間がよく見えた。同性なのに思わずゴクッと息を呑《の》んでしまうほどに艶やかである。

（この子が……王女……）

一目見ただけでしかない。だが、見とれてしまう。ドレスを身に着けた少女——まるで人形みたいだ。この子が本当に自分と同じ人間なのだろうか？　などということさえ考えながら、ただ愛は呆然《ぼうぜん》と少女を見つめた。

「なんですか？」

こちらの視線に少女が気付く。少し不快そうに眉間《みけん》に皺《しわ》を寄せた。

「お、おいっ！　頭を下げぬかっ！」

兵士が焦った様子で声をかけてくる。彼は床に膝を突き、平伏していた。

「へ？　あ……えっ？　その……もしかして、おじさんみたいにしないと不味《まず》かった？」

「だ、誰がおじさんだっ！」

困惑する愛に向かって、兵士が怒鳴ってきた。

「く……くくっ」

そんなやり取りがおかしかったのか、笑い声が聞こえてくる。しかし、笑ったのは王女ではなかった。彼女の脇に立っている女性である。メイドを思わせる服装の女性だ。髪の色は銀。歳は二十歳前後に見える。眼鏡をかけたその女性は理知的で、なんだかとても優しそうに見えた。

「えっと、その……」

どんな反応をすればいいのかがよく分からない。王女と女性、そして兵士を順番にぐるりっと見回す。

「だ、だから平伏しろと」

兵士が再び怒ってきた。

「あ、はいっ！」

多分それが一番だろう。素直に愛は頷き、兵の横に跪《ひざまず》こうとする。

「構いません。時間が面倒です」

しかし、止められた。止めたのは王女だ。

「えっと……いいんですか？」

「ば、馬鹿っ！」

王女に問いかけた途端、また兵士に怒られた。

「王女殿下の許しも得ずに話すなどっ！」

「あ、ああっ！」

よくある設定だ。身分が低い人間から身分が高い人間に声をかけるというのは失礼に当たるという奴だろう。慌てて両手で口を押さえる。

「ふふふ」

するとと王女の隣に立つメイド女性がまたしても笑った。そんな彼女を王女が横目で睨む。するとと女性はコホンッと一度小さく咳払いをすると、キリッと表情を引き締めた。そんな彼女の変化に少しだけ何か言いたげな表情を浮かべた後、王女は視線を愛へと戻してくる。宝石みたいな瞳で、真っ直ぐ見つめてきた。

「私はアスタローテ王国王女レイン＝ファル＝アスタローテです。口答を許します。貴女の名は？」

愛と同年代と思えない。それくらい王女の話し方は硬く、大人びたものだった。

「あ、はい……えっとあたしは愛です。水城愛」

「みずしろ……あい？」

不思議そうに首を傾げる。多分こっちの世界ではあり得ないような名なのだろう。

「水城が姓で、愛が名前です。えっと……愛って呼んで下さい」

フォローするように付け加える。

「愛……ですか。分かりました。それで愛……貴女は何処《どこ》の人間ですか？　見たところこの辺りの者には見えませんが——本当に貴女は異世界からこの世界に？」

レインの言葉に、チラッと隣に立つ——王女に起立を許された——兵士へと視線を向ける。多分この兵士が報告をしたのだろう。

「えっと……その……もしかして、それが気になって王女様が自分からあたしの取り調べをってことですか？」

「馬鹿っ！」

途端に、再び兵士に怒鳴られた。

「な、なによぉ～」

「なによ～じゃない！　王女殿下の質問に質問で返すとは……無礼千万《ぶれいせんばん》であろう！」

「あ……確かに……その……ごめんなさい」

慌てて謝罪する。

すると、メイドの頬がヒクヒク震えた。どうやら笑いそうになっているらしい。けれど、彼女はそれに耐える。プロだ――さっきは笑ってたけど……――。

それに対してレインはというと、硬い表情のまま少しだけ「はぁ」と溜息をつくと「構いません。その通りですから」と愛を許してくれた上、問いにも答えてくれた。であるならば、愛だって質問には答えなければならない。

「ありがとうございます。それでその……王女様の質問に関してですけど……はい、あたし……異世界から来ました。本当です」

嘘をつく必要なんかない。素直に告げる。

「……なるほど。つまり、間諜ではないということですね」

「もちろんです！　違います違います！」

「……確かに、間諜ができるような人間には見えませんね」

なんだかけなし言葉のように聞こえたけれど、多分気のせいだろう。

「では、何か異世界から来たということを証明できるものはありますか？」

「証明？　えっと……う～んと、あ……これはどうですか？」

転移の際に持っていたカバンを開く。中から教科書とスマホを取り出した。

「ミスト」

レインがメイド女性に声をかける。どうやらミストという名前らしい。

「失礼しますね」

ミストは穏やかで優しそうな表情を浮かべつつ、本とスマホを手に取った。そのままレインに差し出す。

「ふむっ」

レインはペラペラと本を捲《めく》り始めた。

「これが本ですか……。この製本……どういう仕組み？　文字は……読めませんね」

ブツブツと独り言を呟きながら、本の確認をする。次にスマホを手に取り、不思議そうに首を傾げた。

「なんですかこれは？」

なんの為に使うものなのかがまったく理解できないらしい。匂いを嗅《か》いだり、回してみたり、ブンブンと振ってみたり、色々試し始める。

「えっと、それはその……横にある電源ボタンを軽く押してみて下さい」

見ていられないので助け船を出すことにした。

「でんげんぼたん？　これですか？」

首を傾げつつ、指示通りにボタンを押す。すると液晶にロック画面が表示された。

「これは⁉」

「わっ！　すごいっ！」

レインとミストが二人揃って声を上げる。愛からするとただのロック画面でしかない。ただ、この世界にとっては未知のものだ。驚くのも無理はないだろう。

「一体なんですかこれは？　これはなんの役に立つのですか？」

再び質問を向けてくる。ただ、先程と少し様子が違った。なんだか瞳が輝いている。心なしかワクワクしているようにも見える表情だった。年頃の女の子っぽく見える顔だ。そうした表情に何故か少しだけ嬉しさを感じつつ「えっと……その……時計です」と答える。

（スマホについて細かく説明すると長くなっちゃうし、それでいいよね！）

「時計……ふむ……これが時計ですか……。文字が違うせいで時間を読み取ることはできませんが。なるほど。こんなものがあるとは……異世界というのもあながち……」

マジマジとスマホを見つめる王女の顔は、本当にごく僅かな違いでしかないのだけれど、好奇心に満ち溢れる子供のそれに見えた。

だが、その表情は――

「王女殿下……火急の用件が。よろしいでしょうか？」

という声が室外から投げかけられた途端、すぐに消え去ることとなる。再びレインは表情を引き締めると「入りなさい」と声をかけた。

部屋の戸が開く。入ってきたのは兵士らしき人間だった。彼は愛を見て一瞬ギョッとした表情を浮かべる。その後、王女に対して伺いを立てるような表情を向けた。

「構いません。用件を」

「はっ！　実はその……」

兵士は頷くと、すぐに王女に対して報告を始めた。

言葉は理解できる。けれど、愛には理解できない政治的な話のようだった。聞くことを放棄する。しかし、王女は違う。

「なるほど……でしたら……」

兵士の報告に対して、さほど迷うことなく指示を始めた。

「なんか……凄い」

同年代か年下にしか見えないレインが大人に指示を下している。その姿に思わず愛は感嘆の声を漏らした。

「だろう？　王女殿下は我々の誇りだ」

隣に立つ兵士が胸を張る。

（そりゃそうだよね。自慢の王女様ってわけだ）

兵士の気持ちはよく分かる気がした。

（でも……）

しかし、単純に凄い凄いとレインを称《たた》える気分にはなれなかった。引っかかる点が愛にはあったからだ。

「では、失礼致します」

報告を終えた兵士が出ていく。

「さて、話を戻しますが……」

レインの視線が再び愛へと向けられた。

「あの……」

そんなレインに反射的に声をかけてしまう。またしても兵士が隣から睨んできた。

「なんですか？」

が、レインは気にする素振りを見せず、話を促してくる。

「えっとですね、なんというかその……王女様……大丈夫ですか？」

だからこそ、愛は深く考えることもなく、素直に思ったままのことを尋ねた。

「……どういう意味ですか？」

その瞬間、王女の表情が凍った——気がした。

（え、これ……不味かった？）

冷たい顔。気圧《けお》されてしまう。

「あ、いや……そのですね……」

慌てて誤魔化そうとする。

「もう一度尋ねます。どういう意味ですか？」

だが、誤魔化しは許されそうになかった。真っ直ぐレインは愛を見つめてくる。その視線は誤魔化しなど許さない——と告げてきていた。

(仕方ないか)

こうなった以上逃げることはできそうにない。フウッと一度深呼吸をすると——

「なんていうかその……王女様が……えっと……なんかむ……無理してるように見えて」

「無理？」

ピクッと王女の眉がはねた。

「私が無理をしている？」

レインの顔から表情が消える。正直怖い。

(ああ……これ、地雷だった？)

触れてはいけないことだったようだ。が、触れてしまった以上は仕方がない。今更だ。

「はい。えっと、あたしにはそう見えちゃったんで。だから、大丈夫なのかなぁって」

スマホの時に見せてくれた僅かな表情——本当にごく僅かな変化でしかない。もしかしたら自分以外に気付いた人間はいないんじゃないか？　というくらいのレベルだ。ただ、それでも、愛にはあの顔こそがレインの本当の表情のように感じられた。だからこそ無理をしているのではないかと思ってしまったのである。

「無礼者っ！」

そんな愛の問いに対し、レインが向けてきたものは怒声だった。

「私が……私が無理をしている？　ふざけたことを！　私は無理などしていません！　私は私がすべきことをしている。ただそれだけです。そんな私に対して大丈夫か――などと、許し難い言葉です！」

瞳を鋭く細め、きつく愛を睨みつけてくる。美しい顔に怒りが浮かぶ。かなりの迫力だ。だからだろうか？　ミストや兵士も驚きの表情を浮かべ、マジマジとレインを見つめた。

「この私に対する暴言。看過はできません」

そう言うとレインは脇に立つミストを見た。その視線にミストは驚いていた表情を慌てて引き締める。

「えっと……ではその……罰を与えるということでよろしいですか？」

「構いません」

「でしたらその……この場合王族に対する不敬罪ということになります」

「それで結構。で、不敬罪の場合……どういう罰が適用されますか？」

「それは……その……」

言い難そうな表情をミストは浮かべる。

「言いなさい」

が、黙っていることをレインは許さなかった。

「……処刑です」

やがてミストは観念したように、そう呟いた。

「処刑……ですか？」

流石《さすが》にこれには愛も固まることになってしまう。呆然とした顔でレインを見つめた。

「…………」

その視線にレインは押し黙る。何かを考えるような表情を浮かべた。

「それはやり過ぎですね」

しばらくして首を横に振る。

（た、助かった？）

少しだがホッとすることができた。ただ、安心するのはまだ早い。

「しかし、不敬を受けたことは事実。このままお咎《とが》めなしというわけにはいきません。となると……そうですね……」

改めてレインはこちらを見つめてきた。マジマジと視線を向けてきつつ、またしても何かを思考するような表情を浮かべる。

そして――

「決めました。水城愛――貴女を私の奴隷《どれい》にします」

「――へ？」

王女の裁きが下された。

第一章　奴隷生活

「――は？　奴隷？」

一瞬言葉の意味が理解できなかった。

（奴隷ってアレよね？）

脳裏に船の中にすし詰めにされた人々とか、首輪をつけて御主人様に奉仕する女の子を思い浮かべる。

（この世界……奴隷制度とかがあったの⁉）

思わずマジマジとレインを見つめてしまう。が、それは愛だけではなかった。ミストと兵士も同じように驚きの表情をレインへと向けている。

「本気ですか姫様？」

尋ねたのはミストだ。

「どういう意味ですか？」

「どういう意味も何も……棄却されてしまいましたが奴隷制度撤廃法案を議会に提出したのは他ならぬ姫様自身ですよね？　それなのに……」

もっともな疑問のように聞こえる。王女も少し気まずそうな表情を浮かべた。ただ、ほんの少しの変化でしかない。愛には分かったが、ミスト達は気付けなかったかも知れない。

そんな僅かな変化をすぐにレインは立て直す。表情を引き締めると――

「……その通りです。ですが、ミストが言った通り法案は棄却されてしまいました。つまり、奴隷制度は合法です。気に入らない制度ではありますが、使えるものは使います」

「それは確かに……。ですが、それならば追放処分などは？」

「無理ですね」

「何故ですか？」

再びミストが問う。

問いかけに対し、レインは一度チラッと愛へと視線を向けると――

「追放処分にするわけにもいかないでしょう。それは処刑と変わりません。異世界から来た人間ですよ。文化なども違う世界に放り出されて生きていけると思いますか？」

そんなことを口にした。

「異世界……姫様はこの小娘の戯《ざ》れ言を信じるのですか？」

思わずといった様子で兵士が口を開く。が、すぐに不敬を働いてしまったと思ったのか、慌てて自分の口を押さえ、頭を下げた。

「構いません」

兵士に対して一言告げる。その上で――

「戯れ言……そうかも知れません。けれど、信じるに足る証拠はあります。こんなものがこの世界で創り出せると思いますか？」

スマホを手に取ってみせた。

「それは……仰る通りですが……」

兵士は口籠《くちご》もる。どうやらスマホの効果はかなりのものだったようだ。

「そういうわけで城外追放などの処分は使えません。となると、禁固刑か……奴隷……それくらいしかないというわけです。そして、禁固刑はコストがかかります。ただ閉じ込めておくとはいえ、食費などはかかりますからね。それに、監禁状態の人間は病にかかりやすい。そうなると医者も必要になります。それ故の奴隷です。奴隷の仕事は主人の為に働くこと。閉じ込めておくより遥かに生産性があります」

少しだけ早口でレインはミストや兵士に告げた。

（なんかちょっと……言い訳っぽい？）

愛はそんなことを考える。

（もしかしてこのお姫様……結構あたしのこと考えてくれてる？）

マジマジと改めてレインを見つめた。

「なんですか？」

が、睨み返されてしまう。

一見するとミスト達に向けている静かな表情と変わりはない。けれど、明らかに険がある気がする顔だった。余程さっきの言葉が気に入らなかったらしい。

（もしかして図星だったってことかな？）

「何を考えているんですか？」

瞳が細くなる。刃のように鋭い目だ。

「へ？　あ、いえ……なんでもないです」

どうやらこのお姫様は結構鋭い人間らしい。愛は感情がかなり表情に出てしまう方だ。気を付けた方がいいかも知れない。そんなことを考えつつ、ヘコヘコと頭を下げた。

「では、奴隷の件ですが承知致しました。ただその、一点お尋ねしたいのですが、本当に姫様の奴隷にされるのですか？」

ミストが改めて問う。

「はい。私は言葉を違えるつもりはありません」

「しかし……それは危険では？　どこの馬の骨とも分からぬものを姫様の奴隷にするなどと……。危険です」

王女の言葉に兵士が口を挟んだ。

「姫様の奴隷って……。つまり、この国じゃなくて個人所有のものになるってこと？」

自分の話だ。反射的に愛は尋ねてしまう。

（って、不味くない？）

下手したらまた不敬だとか……。

「はい、その通りです」

けれど、誰も気にしてはいない様子だった。ミストが優しく説明してくれる。

「我が国において奴隷は個人が所有するものとなっています。奴隷には必ず主人を定めないとならないと定められているのですよ」

「なるほど。まぁ確かにそうか……」

　納得できた。同時に兵士が危険だといった理由も理解する。確かに王女のすぐ近くに正体不明の人間がいるというのは危険だろう。しかし、レインはまるで気にする素振りを見せなかった。

「貴方が言いたいことは分かります。ですが、奴隷刑は罪を犯してしまった相手に服従させるというものです。私以外の人間の奴隷にするのでは刑罰になりません」

「しかしっ！」

　兵士は食い下がる。そんな彼をレインはジッと冷たい目で見つめた。その視線に「ぐっ」と気圧されたように兵士は奥歯を噛み締めると、やがて諦めたように「御心のままに」と口にした。

「そういうわけです。ミストも構いませんね？」

「承知致しました」

　レインの言葉にミストは恭《うやうや》しく頭を下げると、改めて愛へと視線を向けてきた。

「それでは愛さん、貴女はこれより姫様の奴隷です。姫様の命には絶対服従。逆らうことは許されません。いいですね？」

　そのような言葉を向けてくる。

「へ？　あ……えっと……」

どう答えるべきだろうか？　奴隷なんてイヤだと言うべきか？

（いや、それは無理でしょ。逆らえるわけない。問答無用で処刑されるよりはマシって考えるべきよね）

人生はなるようにしかならない——あっさりと愛はこの事態を受け入れた。

「まぁ、その……分かりました」

ただ、頷きつつも、少しだけ拍子抜けしたものを感じてしまう。

「何か気になる点でも？」

ミストが優しく首を傾げて尋ねてきた。

「いや、その……契約って言うからなんか魔法とか使うのかなと思って。奴隷契約の魔法って奴。その方がなんか、ファンタジーっぽいから」

言葉だけで奴隷とか言われても、なんかちょっと寂しい。折角の異世界なのだから——なんてことを考えてしまう。だが、現実は小説よりも奇なりということはなかった。

「ふぁんたじー……という言葉の意味は分かりませんが、そのような魔法はありませんよ」

レインにあっさり否定されてしまう。少しだけガッカリしてしまう愛だった。

「そういうことなら……分かりました。精一杯お仕えします——で、いいかなぁ？」

残念に思いつつも、一応頭を下げる。

その言葉に、兵士は「コラッ！」と怒鳴り、ミストはクスクスと笑った。レインは——

「では、励みなさい」

無表情で告げてくる。何を考えているのかはやはりよく分からない。

「あ、その……でも一つだけいいですか？」

「なんですか？」

「その……奴隷って、ずっとですか？　永遠に？」

少しだけ気になる点だった。罪と言うからには刑期がありそうだが……。

「……そのつもりはありません」

レインは首を左右に振った。その上でこちらを見つめてきたかと思うと――

「貴女が元の世界に帰る方法――刑期はそれが判明するまでです」

などという言葉を向けてくれた。

ほとんど表情がない王女。ちょっと図星っぽい言葉を投げかけられただけで怒る年齢相応の子供っぽいところもあるらしい王女。でも、案外――

(優しいのかも知れない)

いきなり異世界とか、奴隷とか、不安なことばかりだけれど、少しは希望を持つことができるような気がした。

(って、全然優しくないぃいいいいっ！)

心の中で絶叫する。その理由は今晩の寝床にあった。

＊

場所は王女の部屋だ。奴隷として常に命令が聞ける場所に待機していろとのことである。そこまではいい。ただ、問題があった。それは——

「貴女はそこで眠りなさい」

と王女は床を指差してきたのである。

流石王族の部屋と言うべきか、床にはしっかりカーペットが敷いてあった。とはいえ、土足文化なので結構汚い。一応これを使えとシーツのようなものはもらえたが、かなり薄手だ。こんなもの一枚敷いただけでは絶対身体を痛めるだろう。

「床でって……無理ですって！」

流石に抗議の声を上げる。

「しかし、他に寝る場所はありません」

「いやいや、わざわざ同じ部屋じゃなくてもいいでしょ。隣の部屋とか空いてないんですか？　チリンチリンッて鈴を鳴らせば侍女が出てくる——みたいな部屋が！」

ファンタジー系の本を読んで得た知識だ。

「確かにあります。ですが、隣はミストの部屋です。仕事で疲れて休んでいるミストに、貴女の世話まで頼むわけにはいきません」

「——むぅっ」

お姫様は家臣思いのようである。結構説得力がある言葉だった。

「……だったら、そのベッドを使わせて下さいよ」

部屋に置かれた天蓋付きの豪奢《ごうしゃ》なベッドを指差す。かなり大きなベッドだ。愛やレインくらいの体格の人間であれば五人くらい並んで眠れそうなほどである。二人で寝たところで問題はないだろう。

「あり得ません」

しかし、あっさりと却下されてしまった。

「なんでよ！」

「私は王女、貴女は奴隷。貴女の世界では分かりませんが、この国には身分というものがあります。王女が奴隷と並んで眠るなどあってはならないことです。馬鹿馬鹿しい話だとは思いますがね」

少しだけレインは瞳に憂いの色を浮かばせる。やはり僅かな変化だ。だが、愛は気付く。父と母を亡くした後、叔父夫婦に引き取られた際、新しい家族の顔色を最初はかなり窺《うかが》っていた。その頃に習得したスキルである。

レインの細い身体がなんだかとても小さく見えた。

「えっと、大丈夫？」

反射的に気遣うような言葉を向ける。

が、それが不味かった。

「何がですか？」

ギロっと睨まれてしまう。明らかに不機嫌顔だ。この顔、執務室で怒らせてしまった時と同じ顔だ。

（やっぱっ！）

後悔するが後の祭りである。

「私は貴女に心配されるようなことなど何もありません！　奴隷は奴隷らしく、そこの床で寝ていなさいっ！」

ベッドで眠ることはどうやらできそうにないらしい。

（いきなり異世界なんかに飛ばされた上で、床で寝ろとか……。繊細な女子にはちょっとハードすぎる状況だよ。ああ、寝不足になりそう）

そんなことを考えつつ、制服姿のままシーツだけを敷いた床にごろっと横になる愛なのだった。

でもって――

「すぴ～。すぴ～。すぴ～」

すぐに寝た。

＊

「……て下さい。愛さん……起きて……」

声が聞こえた。

「ん……んんっ？　いっつぅう……」

身体に痛みを感じながら、ゆっくりと目を開ける。すると目の前には眼鏡をかけた銀髪美人――ミストの顔があった。

「ほわああっ！」

思わず驚きの声を上げてしまう。

「ふふ、おはようございます」

ミストは気にせず微笑んでくれた。同性なのにその優しい顔に見惚れてしまう。

「あっと、その……おはようございます。って、もう朝……じゃないですよね」

視線を窓の外に向ける。カーテンの隙間から見える外の景色は、まだまだ暗かった。

「はい。夜明け前です」

「そうですか……。でも、だったらどうしてこんな時間に？　結構まだ眠いんですけど」

低血圧なので朝はあまり得意ではない。

「それはごめんなさい。でも、これも姫様の命令ですから」

「お姫様の？」

チラッとベッドへと視線を向ける。レインはすやすやと気持ちよさそうな顔で眠っていた。実に無防備な顔だ。起きている時の無感情な表情とはまるで違う。無邪気で無垢《むく》――まるで天使みたいな……。ボーッと愛は彼女を見つめた。

「どうかしましたか？」

「あ、いえ、なんでもないです。で、その……どんな命令なんですか？」

慌ててレインから視線を外した。

「貴女に仕事を教えろとの指示です」

「なるほど。え、でも……こんな夜明け前から？」

「はい。使用人がすべきことは多いですからね。そういうわけですから、これに着替えて下さい」

そう言うとミストは愛に対してメイド服を差し出してきた。ロングスカートのメイド服。正直あまり長いスカートは好きではないのだが……。文化の違いというのもあるので許容するしかないだろう。戸惑いつつ、差し出された服を受け取る。

こうして愛の奴隷生活が始まった。

＊

「うあ～、これ、結構マジで辛いかも」

奴隷として与えられた仕事は、レインの身の回りの世話である。具体的に何をするのかというと、朝はまず顔を洗う為の水の用意からだ。水を桶に汲《く》んでくる――かなり楽な仕事のように聞こえる。が、実際はかなりきついものだった。何しろ水道がない。水は城の中庭にある井戸から汲んでこなければならなかった。

因《ちな》みにレインの部屋は城の三階。城中の急な階段を水がたっぷり入った桶を抱えて登る。しかも、夜が明けるまでに……。かなり体力的に辛い仕事だった。

でもって、その後は本来ならばレインの身支度である。起こしたレインの服を脱がせ、ドレスを着せていくという仕事だ。ただ、愛は普通の女学生。ドレスの着せ方なんか知らない。結果、身支度はできないということで、城中の掃除を任されることとなった。

これがまた辛い。

何しろ城は異様なほどにでかいのだ。その城内をひたすら雑巾がけする。一応愛以外にも掃除要員はおり、様々な場所で彼らは仕事をしていた。とはいえ、みんなで同じ場所を掃除するというわけではない。それぞれ割り当てられた区画があった。その範囲が兎《と》に角《かく》広い。任せられた区画を掃除するだけでも、汗だくになってしまうほどのレベルだった。

（こんなことなら部活とかしておけばよかったかも……）

自分の体力不足を痛感してしまう。掃除だけで愛はヘトヘトだった。

が、仕事はそれだけでは終わらない。掃除の後はレインの付き添いだ。レイン専属奴隷として常に彼女の後をついて回る。その上で、レインの指示を聞く。喉が渇いたとレインが言えば、すぐに水やら茶を用意する。レインが疲れたと言えば、肩を揉んだりなどしてあげるといった具合だ。一つ一つの行動は些細なものでしかない。しかし、塵も積もれば山となる。この世界に来てレインの奴隷となってから三日。僅か三日だ。が、愛はこれまで感じたこともないほどの疲労を覚えていた。

（はぁ……座りたい）

執務室の机に座って書類になにやらサインを行っているレインの後ろ姿を見ながら、そんなことを考える。

「……水が切れたわ。愛……新しいものをお願い」

けれど休んでいる暇はない。

「は、は～い」

ちょっとぐったりしつつも頷き、急いで飲料水用の壺が置いてある給水室へと向かった。

「お持ちしました～」

運んで来た水を渡す。

「んっ」

それをほぼ無言でレインは受け取る。愛に対して視線を向ける暇などないといった様子で、レインはひたすら書類に目を落としていた。

(サインするだけの仕事に見えるけど……ほんと一枚一枚しっかり読み込んでるなぁ)

疲れつつ、漠然とそんなことを考える。

そうした愛の思考には当然気付くことなく、レインは幾つかの書類にサインを終えると、室内に待機していたミストへと視線を向けた。

「これからの予定は？」

「はい……えっと……次は……」

すぐさまミストは手帳を開くとレインにスケジュールの説明を始めた。

「陳情報告が三十件って……ちょっとありすぎじゃない？」

その内容に、思わず声を上げてしまう。陳情と言っても紙を読むわけじゃない。一々人に会って話を聞くのだ。それが三十件。現在は昼前だけれど、間違いなく夜までかかるだろう。

「……別に、これくらい普通です」

涼しい顔でレインは答える。

「普通って……でも、そういうのってその……陳状の内容によって話を受ける人とかが変わるモンじゃないの？　全部お姫様がやるわけ？」

「そうですね。他にやる者がいませんから」

「他にいないって……。え？　でも、国なんだから大臣とかいないの？　それにその……ああ、そうだ！　王様だっているんでしょ？　普通政治ってお姫様じゃなくて王様の仕事なんじゃないの？」

王女というのは、いつも花を愛《め》でていたり、お茶を楽しんだりするものではないのだろうか？　ずっと仕事仕事とか、なんだか夢がない気がする。そうした疑問を素直に告げた愛に対し、レインは少しだけ表情を硬くした。いや、レインだけじゃない。ミストの顔も僅かだが強張《こわば》る。だが、それはあくまでも一瞬だった。

「……お父様……陛下は陛下で仕事をしています。大臣を始めとした国の貴族達もです。私だけが特別というわけではありません」

すぐさまいつもと同じ表情でレインはそう告げてくる。けれど、多分嘘だと愛は思った。根拠はない。しかし、なんとなくそう思ったのだ。

「……やっぱりお姫様……無理してない？」

結果、反射的にそう口にしてしまう。

(あ、まっず!)

すぐさま気付く。心配するような言葉がレインにとっては地雷だったということに……。

「私は無理などしていません。私は自分がなすべきことを行っているだけです」

静かな言葉だ。でも、なんだか凄く冷たく聞こえる。嫌な予感がした。

そしてその予感は——

「そういうわけですから愛……貴女にもなすべきことをしてもらいます。実を言うと今日、城の中を歩いていて少し汚れが気になったのです。ですから、私が陳情を受けている間、貴女には城中の掃除をお願いしますね」

適中してしまった。

＊

「づ、づがれだぁあああ～」

一日をかけてひたすら廊下を雑巾がけし続けた。お陰でもう身体はボロボロである。フラつきながら愛は自分が寝泊まりしているレインの部屋へと戻った。

「お疲れ様です」

室内にはミストがいた。彼女が労《ねぎら》いの言葉を向けてくれる。

「喉、渇いていませんか? ちょうどお茶を淹《い》れたのでどうぞ」

「あ、ありがとうございます～」

(天使だっ！)

ミストの背後に後光が見えた。

差し出されたお茶を飲む。身体に水分が染《し》み込んできた。とても気持ちがいい。プハアッと愛は大きく息を吐く。

「きっくぅううううっ♥」

歓喜の笑みを浮かべた。

「ふふ、お茶を淹れた甲斐がありますね」

「えへへ、ほんと助かりました」

「それでは、少し休んでくれて構いませんよ」

「いいんですか？」

「はい。お疲れみたいですし」

「それならお言葉に甘えて」

部屋の隅に敷いたシーツ、その上に寝転がり——そのまま愛は眠りについた。

それからどれくらいの時間が過ぎただろう？　欠伸《あくび》をしながら愛は目を覚ます。時計へと視線を移すと、時間は夜の九時を回っていた。

(ヤバッ！)

基本的にこの世界の仕事は夜明けから日没までと定められている。日が落ちてしまうと暗くて仕事にならないからだ。その辺は電気がないと考えれば仕方ないだろう。つまり、既にレインが就寝する時間が過ぎてしまっている。主人を放ってこの時間まで熟睡とか、奴隷にあるまじき行為だ。また怒られてしまう。そうした焦りを抱きつつ、レインのベッドへと視線を向ける。しかし、そこに王女の姿はなかった。

「まだ戻ってきてない？」

「はい、少し仕事が長引いてしまっていて」

疑問に対して答えが返ってきた。答えてくれたのはミストである。ちょうどいいタイミングでここに戻ってきたらしい。

「仕事って……例の謁見ですか？」

「はい。三十件は流石に多いですからね。かなり時間がかかってしまっているんですよ。ただ、流石にもうすぐ戻られるとは思います」

「そうですか」

頷きつつ考える。一体レインはどれくらいの時間働いているのだろうか——と。

(日の出と共に起きて、朝の六時から書類仕事だったよね。でもって、それが終わったのが十時。その後から謁見でしょ？　で、この時間まで？)

想像するだけでゲンナリしてしまう。同時に本当にレインは大丈夫なのだろうかという心配も抱いた。

「あの、ちょっと聞いていいですか？」

ミストに声をかける。

「なんでしょう？」

「その……お姫様以外の人……例えば王様とかって本当に働いてるんですか？」

昼間抱いた疑問を改めて尋ねた。

その問いにミストは少しだけ眼鏡の下の瞳を見開く。しかし、動揺は僅かだった。すぐにミストは少し寂しげな笑みを口元に浮かべると――

「はい、働いていますよ」

と答えてきた。

「ただ……少しレイン様とは働き方が違いますが」

「働き方が違う？」

どういう意味だろうか？

「レイン様は国の為に――いえ、民の為に政を行っています。しかし、陛下や貴族の皆様は違う。あの方達は自らの為に政を行っている」

「え……それってどういう？」

一瞬意味が理解できず問い返す。

が、ミストから答えを得ることはできなかった。

「戻りました」

レインが部屋に戻ってきたからだ。

「お帰りなさいませ姫様」

「あ……その……お帰りなさい」

慌ててミストと共に頭を下げる。結局この話はうやむやになってしまった。

ただ、それから更に数日のレインの仕事ぶりを見たり、城中を行き交う人々から話を聞いたりすることで、愛はなんとなくだけれどミストが言いたかったことを理解できた。

(兵士の人達や侍女の人達の話を聞く限り、王様とか貴族の権力って結構危ないみたいだなぁ)

話によると最近隣国であるローゼン王国で革命のようなものが起きたらしい。結果、ローゼン王国は王政を廃止して共和制へと移行した。その革命の波が、この国にもどうやら押し寄せてきているらしい。結果、王や貴族は自分の身分を危ぶみ、それを守る為だけに行動を始めた。民の為の政《まつりごと》を投げ出して……。

(だからお姫様が……)

彼らに変わって内政を行っているというわけだ。自分自身を犠牲にして……。

(そりゃ無理してるように見えるわけだよ)

今日も執務室で書類にサインをしているレインの小さな背中を見つめる。自然とちょっと同情を含んだような視線になってしまった。

「その目……なんですか？」

存外目敏《めざと》いレインに気付かれてしまう。

「――へ？　あ、べ、別になんでもないですよ。あはは」

慌てて誤魔化し笑いを浮かべてみせた。

だが、それでは誤魔化しきれなかったらしい。

「暇みたいですね。掃除をお願いします」

「う……あ……は～い……」

またしても城中清掃を命じられてしまう愛なのだった。

＊

（人使いが荒すぎる……ううう……今日もヘトヘトだぁあああ）

身体中に疲労が溜《た》まっている。早く眠ってしまいたい。そんなことを考えながら、床のシーツに寝転がる。制服のワイシャツを一枚だけ身に付けるという服装で……。流石にスカートを穿《は》いたままだと寝づらかったので、寝間着はこういう形に落ち着いた。ワイシャツにパンツだけ——結構扇情的な格好だと自分でも思う。しかし、ここには同性であるレインしかいない。だから気にしないことにした。実際レインも特に格好について文句を言ってくることはなかった。因みにレインはネグリジェのようなものを身に付けている。流石は王女様といったところか……。

瞳を閉じ、眠りにつこうとする。が、なかなか眠ることができなかった。理由はベッドのレインが起きているからだ。彼女は枕元の燭台に灯りを灯した状態で、書類に目を落としていた。ベッドの上でも仕事である。

レインが働いている。だからなんだか自分だけ休むのが申し訳ない気分になってしまう。

結果眠れない――そんな状況だった。

(仕方ないなぁ)

なんというか、放っておけない。

ムクリッと横たえていた身体を起こした。

「ん？　起こしてしまいましたか？」

当然レインも気付く。

問いには答えずゆっくりとベッドに近づき、腰を落とした。ギシッと軋《きし》んだ音色が響く。

「……なんですか？」

少しだけレインは警戒するような素振りを見せた。そんな彼女に無言で手を伸ばすと、持っていた書類をひったくった。

「ちょっ！　な、何をするのですかっ！」

当然文句を言ってくる。

「言いたいことは分かる。でも、少し休んだ方がいい」

真っ直ぐ王女の瞳を見つめて告げた。

「なっ！　わ、私は問題ありません！　この程度の仕事！」

やはりムキになってきた。

「まぁお姫様ならそう言うだろうとは思ってたよ。でも、今日は引かない」

「何故っ！」

「無茶したって身体が壊れるだけだから。休める時は休む。それだって大事な仕事よ」

「壊れることなどあり得ません。私は……」

まだ抗議してくる。愛はそんなレインを真っ直ぐ見つめると「言うことを聞けっ！」とちょっと怒鳴り気味に告げた。

それに対しレインは驚いたように瞳を見開く。まさか怒鳴られるとは思ってもみなかったのか、完全に硬直していた。

「今日は寝る。それでいいわね？」

追い打ちをかけるように告げる。有無を言わさない調子で……。

これに対し「……っ」レインは何か言いたげな表情を浮かべたが、やがて諦めたように「分かりました」とベッドに横になった。

「うん。それでよし」

うむうむと頷き、愛は自分の寝床に戻った。そのまま瞳を閉じる。ただ、疲れているはずなのに、なかなか寝付くことができなかった。本当にレインも寝ているのか？　なんだかそれが気になってしまったからだ。

それからどれくらいの時間が過ぎただろうか？

「……起きていますか？」

声をかけられた。

「寝ろって言ったはずだけど」

言葉を返す。

「……それはそうですが、仕事が気になって眠れません」

「だからって仕事はさせないよ」

「分かっています。存外貴女には頑固なところもあるみたいですから」

あんたにだけは言われたくない——ツッコミたい愛だった。

「ですから……仕事の代わりです。愛——貴女の、異世界の話を聞かせて下さい」

「え？」

少し意外な言葉だった。思わず驚きの声を上げてしまう。

「……聞こえなかったのですか？　貴女の話が聞きたい……そう言ったのです」

「……興味……あるの？」

「私にだって好奇心くらいはあります。貴女の世界がどんな場所なのか……仕事を奪ったのですからせめてそれくらい聞かせて下さい」

寝ていた身体を起こし、こちらを見つめてくる。室内は暗い。でも、真剣な表情だということはなんとなく理解できた。

「うん。分かった」

仕事じゃなければ構わない。睡眠時間を削るのはアレだが、こういうのも悪くはない気がした。身を起こし、話し始めようとする。

「待って、このままだと距離が遠いです。こっちに来て下さい」

ベッドに呼ばれた。

「いいの？」

身分がどうこうとか……。

「話を聞かせてもらう為です」

「そっか……んじゃ、お言葉に甘えて……」

素直に愛はベッドに上がり、レインの隣に寝転がった。そのまま話し始める。自分の世界のことを……。

そして、これが毎晩の日課となった。

＊

「でさ、あたしは洋子に言ってやったんだよ。そんな彼氏なら別れちゃえばって。でもさ、あんな奴でも好きなの～とかってさ。お姫様はどう思う？」

「それは確かに……洋子さんの自業自得《じごうじとく》ですね」

「でっしょ～」

ベッドの中でする話は実にくだらないものばかりだった。何しろ愛の身の回りで起こったことばかりである。どんな政治を行っているのか、世界情勢はどうなっているかだとか、そういうことはまるで話をしなかった。というか、したくなかった。自分と話をしている時くらいは、仕事のことなんか忘れて欲しいと思ったからだ。

そうした想いが通じたのか、それとも別な思惑があるのか、それは分からない。けれど、レインの方も日常話以外を聞いてくることはなかった。

「あの……一つ尋ねてもいいですか？」

ある晩、話に割り込むようにレインが尋ねてきた。

「何？」

「……愛は帰りたいとは思わないんですか？　寂しくなったりはしないんですか？」

レインは真剣な表情だった。

「え？　なんでいきなり？」

「いえ、その……なんというか、貴女ってとても明るいから……。別の世界にいるということに怖さや寂しさは感じないのですか？　あちらの世界には沢山のご友人だっているのでしょう？」

「まぁ、それは確かに……」

「ご両親に会いたいとか、思わないのですか？」

「……両親か」

噛み締めるように呟く。

「会いたいよ。凄く会いたい。でも、それはあっちに帰ることができても無理だから」

「え？　あ……その……ごめんなさい」

愛が言いたいことをレインはすぐに察してくれた。

「別に気にしないで。その……結構前の話だからさ。それに、父さんや母さん以外にも叔父さんと叔母さんっていう家族があたしにはいるから……」

叔父も叔母もとても優しい。本当の両親のように……。とても大好きな人達だ。

(でも……だけど……)

父や母とは違う。本当の家族──というところからは一歩線を引いてしまっている自分がいた。

そんな想いがあるからだろうか？　叔父や叔母や友人に会えない寂しさは感じるし、帰りたいという思いもあるけれど、何を置いてもまず帰還──という気分にはなれなかった。

「その、ちょっと眠くなっちゃった……おやすみ」

そうした想いから目を背けるように会話を打ち切る。

「……おやすみなさい」

何か言いたげではあったけれど、結局レインもこの会話を続けることはなかった。

そうしたベッドでの毎夜のやり取りはただ会話をするだけでは終わらなかった。

時には──

「これ、読んでいただけませんか？」

本の読み聞かせをレインがお願いしてくるなどということもあった。因みに本は愛が向こうの世界から持ってきた小説である。絵本などとは違うので読み聞かせするのは少しきつい。とはいえ、折角のお願いを断ることはできず、読んでやることにした。

だが、それが失敗だった。

本を読み終わった後、愛はレインと共に顔を真っ赤に染めることとなってしまった。

読んだ本がいわゆる女の子同士の恋愛を描いた百合小説だったからである。まさか声に出して女子同士のキスシーンを読むことになるとは思わなかった。

(恨むわよ洋子っ!)

この本を貸してくれた友人の姿を脳裏に思い浮かべる。お陰で滅茶苦茶気まずい雰囲気になってしまった。

「しかし……興味深いですね。女同士でとは……。そちらの世界では普通なのですか?」

気まずさを誤魔化すようにレインが尋ねてくる。

「え、あ……それはその……まぁ、最近じゃそんなに珍しくもないの……かなぁ?」

蒼葉達のことを思い出し、取り敢《あ》えずそう答えておいた。

*

(毎晩話してるお陰かな? 最近結構お姫様との距離も近づいてきてる気がする)

以前に比べるとレインが愛に向けてくる険も和らいでいるような気がした。

(まぁでも、そのせいで時々油断しちゃうんだけどね)

ははは、と乾いた笑いを響かせながら、愛は城の庭で草毟《むし》りをする。レインに命じられてしまったからだ。命じられることとなった原因は――

「大丈夫? 無理してない?」

油断したせいでまたそんな言葉をレインに向けてしまったからだ。

かなり親しくなれた気もするが、やはり心配は鬼門らしい。

（ちょっと心配されたからこれって……やっぱりお姫様育ちだからかな？　人使いの荒さはガチね。ガチッ！　でも、まぁ……）

　こちらに来てから既に十日以上が過ぎている。その間の付き合いで分かったのだが、ここまで頻繁に誰かに命令を下すということをレインは基本的にはしない。扱《こ》き使われているのは愛だけだった。

　だからだろうか？

（なんか悪い気はしないかも）

　草を毟りつつ、自然と笑ってしまった。

（って、なんかそれだと、あたしマゾっぽくない？　違う！　違うわよ！　できればあたし、働きたくなんかないんだからっ！）

　誰にともなく心の中で言い訳をする愛なのだった。

＊

　――そんなある日の晩、

「……………」

　久しぶりにレインがベッドの上で書類を見ていた。

「もう、ダメだって言ったでしょ」

　容赦なく取り上げる。

「あっ！　ちょっ！」

「だから仕事は禁止っ！」

抗議してくるレインを「めっ」と叱りつつ、なんとなく書類に目を落とす。

「……婚約の儀に関すること？」

興味が惹《ひ》かれる文面だった。なんとなく細かい部分も読んで見る。

「……レイン＝ファル＝アスタローテとシビラ＝フォン＝ナーゼの婚約？　え？　これって……お姫様の？」

思わずレインを見つめる。

「……そうです。私の婚約に関する書類です」

「婚約……へ～、そうなんだ。婚約ね。でも、お姫様ならそういうこともあるか。で、えっと……この相手のシビラってどんな人？」

「シュテファン王国の貴族です」

「シュテファン……えっと、確かそれってアスタローテの隣国だよね？」

仕事のちょっとした息抜きにミストに教えてもらったこの世界の知識を思い出す。

「はい」

「そこの貴族と結婚……。王国の王女様が隣国の貴族と……。なるほど、さっすがお姫様って感じ。これぞファンタジーよね」

なんとなく脳裏に結婚式の光景を思い浮かべる。

「やっぱりあれ？　盛大にパレードとかしちゃうわけ？　国民が総出で祝ってくれるみたいな。お花のシャワーが街中に……やっぱ、それやっぱ！　結構憧れちゃうかも！」

誰かと結婚する自分なんか想像できない。でも、綺麗な光景というのはなんとなく憧れる。愛だって一応女子なのだ。

「ねぇねぇ、それでその……相手の人ってどん……な……」

更に質問を重ねようとする。

だが、それ以上言葉を続けることはできなかった。

何故ならばレインの様子がおかしくなっていたからだ。

俯いている。一言も口を利かず……。

「あの……レイン？」

どうしたのだろうか？　首を傾げて尋ねる。

その瞬間だった。

「へっ？」

いきなり愛はレインによってベッドに押し倒された。レインが自分に覆い被さるような体勢となる。

そのままレインは愛へと顔を寄せてくる。まるでキスでもしようとしているように……。

鼻息が届くほどの距離、そこまで二人の顔は近づいた。

第二章　重なる身体

（え？　な……なにっ⁉　これ……なにっ？）

わけが分からなかった。あまりに唐突すぎた。一瞬自分の身に何が起きているのか、それを愛は理解することができなかった。これは夢なのだろうか？　などということさえ考えてしまう。けれど、鼻や唇にかかる甘い吐息は本物だ。

（キス？　嘘、あたしキスするの？　お姫様と？　ちょっ……なんで？　どうしてっ⁉）

レインの思考がさっぱり理解できない。ただただ愛は身体を硬直させる。ギュッと思わず強く瞳を閉じた。だが、唇に唇が重ねられることはなかった。レインはギリギリのところで唇を止めた上、一度顔を離す。

（た、助かった？　でも、なんでこんなこと？）

ホッとしつつも、疑問を抱く。しかし、声に出すことはできなかった。

自分を見つめるレインの視線が、なんだか怒っているように見えたからだ。いや、違う。それだけではない。苦しんでいるようにも……。

（どうしてこんな顔？）

見ているだけでなんだか愛の胸までズキンッと痛むような表情だった。抱いた疑問さえも一瞬忘れてしまうような顔。ただ呆然と愛はレインを見つめる。そんな愛に対し、王女は手を伸ばしてきた。愛の身に着けているワイシャツに指を添えてくる。そのまま器用にボタンを一つ一つ外してきた。前がはだける。白い肌と、睡眠時用のゴム製ナイトブラ——ミストに譲ってもらった——が剥き出しになった。

「ちょっ！」

はだけたワイシャツに、黒いブラ、白いショーツというちぐはぐな下着姿にされてしまう。同性とはいえ羞恥を覚えざるを得ない状況だった。

しかし、レインの行動は止まらない。当然のようにブラにまで手をかけてくる。

「す、ストップ！　ストップストップストップぅううっ!!」

流石に黙って受け入れることはできない。慌てて声を上げ、レインを制止した。そのお陰か、一度レインは動きを止める。

「えっとその……」

動きを止めたレイン。彼女に対して少し慌て気味に口を開く。この場合なんと言えばいいだろうか？　グルグルと思考をフル回転させ——

「あ、あのさ……いきなりこれ、なに？　なんなの？」

なんとか言葉を引き摺《ず》り出した。

「……それは」

真っ直ぐ見つめながらの問い。レインは僅かだが動揺するように瞳を泳がせる。しかし、それは本当に僅かな時間だった。

「これは練習です」

などと表情を引き締めつつ口にしてきた。

「れ、練習？　どういう意味？」

意味が分からない言葉。当然首を傾げる。

「簡単なことです。貴女もその書類で知った通り――」

押し倒された衝撃で床に落ちた書類へと少しだけレインは視線を移した。ただ、それは一瞬であり、すぐさま愛を見つめてくる。

「私は嫁ぐ身です。嫁ぐ――つまり夫の配偶者となる。その際に大事なことはなにか、愛は知っていますか？」

語るレインの口調は少しだけ普段より早口だった。ただ、あまりに想定外の事態に動揺している愛はそのことに気付かない。気付けない。

「その、よく分かんない」

上手く思考できないので、問いにも答えられなかった。

「簡単なことです。子作りですよ。夫の子を生すこと、それこそがすべてとなります」

「それは……」

それだけか？　と思わないこともない。ただ、同時に少し納得もしてしまう。特にレインの場合は……。何しろ王女だ。本で読んだ知識とかに間違いがなかったとすれば、王族にとって大切なことは血を残すことだ。当然子作りの重要性は普通の結婚よりも大きなものとなる。

「ま、まぁなんとなく分かる。でも、それとこれに何か関係が？」

「もちろん。ありますよ」

そう言うとレインは再び愛のナイトブラに手をかけてきた。そのまま今度は躊躇《ためら》いなく下着を上へとずらしてくる。

「やっ！」

結果、プルンッと弾むように乳房が剥き出しとなった。Bカップのそれほど大きくはない胸が……。小さいけれどツンと上向きがかった釣り鐘型の結構自慢の胸である。ただし、仰向けになっているせいで完全にペッちゃんこにしか見えなかった。大きくない胸は左右に垂れたりなどしないのだ。が、平べったくとも扇情的ではあった。白い肌に彩りを添えるピンク色の乳首が呼吸に合わせて上下する。その様が実に淫靡《いんび》だ。

「ちょっ！　み、見ないでっ！」

慌てて両手で胸を隠そうとする。しかし、レインはそれを許してはくれなかった。愛の下腹部に乗った状態で、両手を掴んでくる。これでは胸を隠すことはできない。

「い、意味分かんないんだけどぉ！」

「意味？　ですから練習と言ったでしょ？」

「だ、だからどういう……」

「子作りの練習です。一応私は嫁ぐ身ですから、それなりの教育は受けていきます。夜、どのようにして殿方を誘うのか？　どのようにして子種を注いでいただくのか……といったことを一通り。ただ、それはあくまでも書物による知識でしかありません。実際にするとなった時、その知識を実行できる自信は正直ありません」

（それは、まぁ、分かる気がする）

愛だって年頃だ。好きな人はいないけれど、エッチなことにはそれなりに興味があった。だから時折スマホでそういうことを調べたりなんてことだってしている。つまり、それなりに知識はあるのだ。ただ、それをいざという時に実践できるかと言われれば……。無理なような気がした。

「だからあたしで練習するってこと？」

「そういうことです」

あっさりとレインは頷いた。

「そういうことですって……ちょっ！　ダメ！　ダメだって！　無理無理！　無理だから！　こ、こういうことって練習でするようなことじゃないでしょ！」

ジタバタと藻掻《もが》いてみせる。だが、のし掛かるレインを振り落とすことはできなかった。足掻《あが》く愛――そんな姿をレインはいつもと同じ無表情で見つめてくる。何を考えているのかさっぱり分からない顔だった。

「貴女に拒否権はありません」

冷たく告げてくる。

「貴女は私の奴隷です。奴隷として……今晩の伽《とぎ》を命じます」

「どいて、ダメだから！　お姫様っ！　レインッ!!」

伽――言葉の意味は知っている。思わず名前まで呼んでしまった。

するとレインはピクッと眉根をはねるように動かした。同時に動き出す。愛の言葉など完全に無視して、剥き出しになった胸へと顔を寄せてきた。

「んちゅっ」

そのまま乳首にキスをしてくる。

「んっ！」

唇の柔らかな感触が乳頭に伝わってきた。それと共に甘く痺れるような刺激が走る。反射的に愛はビクンッと全身を震わせ、声を上げた。眉根にも皺を寄せる。レインはそんな愛の顔を乳首に唇を密着させたまま上目遣いで観察してきた。その上で――

「んっちゅ……ちゅっちゅっ……。んちゅうっ」

更に乳首にキスをしてくる。それも一度だけではない。二度、三度、四度――餌を啄《ついば》む小鳥のように、幾度も幾度も口付けしてきた。しかも、行為は口付けだけでは終わらない。レインは舌を伸ばしてくる。繰り返された口付けによって僅かだけれど痼《しこ》り始めた乳頭を、舌でレロッと舐めてきた。

「だ……駄目だって……んっ……それっ……んんんっ」

途端に胸にキスをされた時以上の刺激が走る。なんだか身体が蕩《とろ》けてしまいそうな愉悦を含んだ感覚だった。声を抑えることができない。再び愛は啼《な》き声を上げる。

（これ……嘘でしょ？　舐められてる。お姫様に身体を……。こんなの嘘だよね？）

と、心の中では思うけれど、紛れもなく現実だ。

王女は更に舌をくねらせてきた。乳首を転がすように舌先で刺激してくる。しかも、愛撫は舌だけでは終わらない。再び乳首に唇を密着させてきたかと思うと「んちゅっ」と咥《くわ》えるなんてことまで行ってきた。そのままチュウチュウと吸い立ててくる。

「あっ！　胸……吸って……くっ……ンッ！　こんなの恥ずかしい。恥ずかしいから……レイン……やめっ！　はふうっ」

どんな言葉を向けてもレインは止まらない。それどころか更に激しく胸を吸ってくる。するとその激しさに比例するように、肉体に刻まれる心地よさを伴った刺激も、より大きなものに変わっていった。

（なにこれ？　あたし知らない。こんなの知らないよ。胸……こんな……んんっ……こんな感覚……）

年頃女子としてエッチなことを調べたりはしてきた。けれど、自慰までしたことはない。なんだか怖さを感じたからだ。それにいけないことのような気がしたから……。いなくなってしまった父と母が天国で見ているかも知れない――そう考えると、手が止まってしまう自分がいたのだ。

だからこそ、刻まれる刺激は生まれて初めてのものだった。

「なんか……怖い」

少し恐怖さえ覚えてしまう。

「怖い？」

レインが行為を止めた。乳首から唇を離し、ジッと愛を見つめてくる。

「うん」

「そう……」

一言だけ呟く。そのままジッとレインは愛を見つめてきた。目と目が合う。ただ二人は見つめ合った。

やがてレインは愛の頬に手を添えてきた。掌《てのひら》の温かさが頬に伝わってくる。じんわりとした体温。何故だろうか？　恐怖が薄らいでいく。なんだかとても安心できるような気がした。少しだけホッと身体から力を抜く。するとレインはゆっくりと再び愛の唇へと自身の唇を寄せてきた。口付けしようとするように……。

レインの顔が迫ってくる。思わず状況も忘れて見惚れそうにさえなってしまうくらい、王女の顔はやはり美しかった。

（……だ……ダメ）

理性ではそう思う。

けれど、まるで口付けを受け入れようとするかのように、瞳を閉じてしまう自分がいた。

だが、唇同士が触れ合うことはなかった。

「え？　れ、レイン？」

目を開ける。

眼前にレインの顔があった。彼女は唇同士が触れ合う直前で止まっている。硬直したようにただ固まっていた。けれど、目が合った途端、再び王女は動き出した。唇を避け——

「んっちゅ」

「んあっ」

愛の首筋に唇を押しつけてきた。首下に柔らかくて生温かい唇の感触が伝わってくる。ゾクリと震えるような刺激が走った。反射的に肢体をビクンッと震わせつつ、甘みを含んだ悲鳴を漏らす。

そんな首筋への口付けは、一度だけでは終わらなかった。

「むっちゅ……ふちゅっ……はっちゅ……ちゅっちゅっちゅっ……んちゅううっ」

何度も何度もレインは唇を押しつけてくる。しかも、ただ押しつけてくるだけではない。時にはチュウウウゥッと肌を強く吸い上げるなどという行為までしてきた。

「うっく！　やっ！　だ……ダメッ！　んんんっ……こんな……ダメだって」

レインの動きは正直ぎこちない。こういうことをするのが初めてである愛にだって、レインもこういった行為をするのは初めてなんだろうなと分かるレベルだった。ただ、それでも、異常な状況に興奮してしまい、身体が敏感になってしまっているせいだろうか？　王女の行動一つ一つにこんなことはダメだと頭の中で思いつつも、どうしても心地よさにも似た感覚を覚えてしまう自分がいた。結果、嬌声《きょうせい》のようなものを漏らすこととなってしまう。

「んっく……はぁああ……はぁ……はぁ……はぁ……」

自然と吐息も荒いものに変わっていった。

（これ、熱い。あたしの身体……どんどん熱く……）

まるで発熱でもしているみたいに全身が火照《ほて》り始める。特に下半身、秘部にジンジンとした疼《うず》きのようなものを感じた。自然と愛は太股同士を擦り合わせ、腰をくねくねと左右にくねらせる。動きに合わせてギシギシとベッドが軋んだ。その音色になんだか生々しさのようなものを感じてしまう。

「ダメ……レイン……お願い……もう」

これ以上は本当にいけない。止めなければならない。なんとかレインを引き剥がそうと、これまで以上に藻掻いてみせた。

「ダメです。貴女は……はぁ……はぁ……私の奴隷です。貴女は私の所有物。だから、拒絶は許しません」

だが、逃げられない。レインは強く愛の身体を抱き締めてきた。レインのネグリジェの上から見てもはっきり自分よりも大きいと分かる乳房が、平べったい胸に重なる。それと共にレインは愛の下半身へと手を伸ばしてきた。

くちゅっ！

「んひんっ！」

レインの指がショーツの上からだけれど秘部に触れる。湿り気を帯びた音色が響いた。それと共に乳房や首筋を愛撫された時以上に強い刺激が身体中を駆け抜けていく。電流にも似た感覚。全身が一瞬硬直し、次の瞬間には蕩けそうになった。身体中から力が抜けていくような刺激というべきか……。

「ここ……気持ちいいのですか？」

こちらが愉悦を感じたことにレインも気がつく。秘部に指を添えたまま、耳元で囁《ささや》くように問いかけてきた。

「そ……そんなこと」

気持ちがいい――確かにその通りだった。明らかに愉悦としか言えない感覚を自分は覚えてしまっている。その事実を愛は否定できない。だが、それでも、問われるがままに認めたりはしない。燃え上がりそうなほどの熱気に全身が包み込まれているのを感じつつも、愛は首を左右に振ってみせた。

「嘘ですね」

「あたしは嘘なんて」

「これでも？」

どんな否定も信じてなどもらえない。

くっちゅ……にゅちゅっ……。くっちゅくっちゅくっちゅくっちゅくっちゅ……。

「んはっ！　あっふあっ！　それ……んんんっ！　や……やめて……。ホントに……あっあっ……レイン……だ、ダメだよぉ」

ショーツのクロッチ部分に指を添えるだけではレインは満足してはくれなかった。指先を蠢《うごめ》かし始める。行為はほとんど無理矢理だというのに、どこまでも優しい手つきで、下着越しに秘裂を上下に擦《こす》り上げてきた。

指の動きに合わせて愉悦が走る。下半身がトロトロに蕩けてしまいそうな感覚だった。自然と白い肌がピンク色に染まり始める。指の動きに比例するように、全身からは甘ったるい匂いを含んだ汗が溢れ出し始めた。

指と粘液が擦れ合う卑猥《ひわい》な音色が室内中に響き渡る。

「んんんっ！　こんな……なんか……ゾクゾクして……はぁ……はぁ……こんなこと……駄目だよ……はふううっ」

淫猥な水音に合わせるように、吐息に籠もる熱感が肥大化していった。

「やっぱり感じていますね。愛……貴女のここ、グチョグチョになってます。私の指に貴女の汁が絡みついていきます」

囁きつつ一度レインは秘部から手を放す。愛液に塗《まみ》れた指先を見せつけるように突きつけてきた。

王女の細い指先——半透明の汁に塗れている。ムワッと濃厚な発情臭としか言えない匂いがした。嗅ぐだけで咽《む》せそうになるような女の香り……。

「や……そんなの見せないで」

自分の体液――そう考えるとあまりに恥ずかしく、反射的に視線を逸《そ》らす。

「ふふ……もっと感じさせてあげますね」

そんな愛に対し、レインはうっすらとだけれど口元に笑みを浮かべる。多分、愛が初めて見るレインの笑みだった。

(笑った？　レインが？)

本当に僅かな微笑でしかない。けれど、なんだか普段以上に王女の姿が美しく見えた。こんな状況だというのに、思わず見惚れてしまうほどに……。

だが、レインはそうした愛の変化には気付かない。再び手を秘部へと伸ばしてきた。またしてもショーツの上から股間部に指を添えてくる。再びグジュッという音色が響いた。

「あひんっ！」

それと同時に走る性感。背筋を甘い痺れが駆け抜けてくる。条件反射のように背中を反《そ》らし、甘い悲鳴を上げた。

「敏感なんですね」

「べ、別にそんなことは……」

否定したって無駄だということは分かっている。それだけの姿を見せてしまったことだって認識している。ただ、それでも認めることなんかできない。恥ずかし過ぎるから。必死に首を左右に振ってみせた。

「嘘なんか無駄です」

しかし、やはりどんな言葉も意味を持たない。何を訴えたところでレインが秘部から指を放してくれることはなかった。いや、それどころか王女はショーツを横にずらすなどという行為までしてくる。これにより、愛の花弁が剥き出しとなった。

刺激を受けたことでぱっくりと左右に開いた秘裂。幾重にも重なったピンク色の肉襞《にくひだ》が覗き見える。その表面は溢れ出した愛液によってグショグショに濡れそぼっていた。

「こんなにここを濡らしているくせに感じていない？　嘘をつくのならばもっとマシな嘘をついて下さい。ほら、気持ちいいのでしょう？　こうされるのが？」

もちろん秘部を露《あら》わにするだけでレインは満足などしない。今度は直接花弁に指を這《は》わせてきた。

「あっ！　んはぁあっ！」

下着の上から触れられた時よりも強い刺激が走る。これまで以上に愛は肢体を激しく震わせた。ジュワッとより多量の愛液が溢れ出す。

レインはその愛液を搦《から》め捕るように指を動かし始めた。

ぐっちゅ……にゅじゅううっ……。ぐっじゅぐっじゅぐっじゅぐっじゅ……。

「んんん！　動いてっ！　あっは……指が……んんっ！　だっめ……こんな……うふううっ……ふうっふうっ……くふううっ」

ヒダの一枚一枚をなぞるように指が蠢く。愛撫に合わせてグチュグチュという音色が大

きくなっていく。それに比例するように快感も強いものに……。

指の動きに合わせるようにくねくねと全身をくねらせながら、喘《あえ》ぎ声としかいえない声を響かせた。

そうして悶える愛の姿を観察するように見つめつつ、レインは指の動きを別なものに変えてくる。ただ秘裂をなぞり上げてくるだけではない。陰核を指で摘まんできた。

「はひぃいいいっ！」

一瞬視界が白く染まるほどの愉悦が走る。反射的に腰を浮かせた。

「殿方を喜ばせる術《すべ》だけじゃありません。女のどこが敏感で、どこを弄《いじ》られれば昂るのか？それも書物の知識でしかありませんが私は勉強しています。ほら、ここですよね？　ここが……気持ちいいんですよね？　ここをこうやって弄られるのが……」

摘まむだけでは終わらない。器用にレインは包皮を捲《めく》ってきたかと思うと、受けた愛撫によって勃起《ぼっき》してしまった陰核をシコシコと扱《しご》くように刺激まで加えてきた。

「んっく……あっ……それっ！　それダメっ！　ダメだよ！　レイン……これは……ダメぇええ！」

「ダメ？　何故ですか？　気持ちいいでしょう？」

陰核を優しく撫で回しながら問いかけてくる。

「それは……それはぁああ！」

どう答えるべきか？　否定すべきか？　一瞬迷う。しかし――

「そう……あああっ！　気持ちいい……気持ち……いいのぉっ！」

結局愛は快感を認めた。否定したところで意味などないから……。実際心地いい。陰核を刺激されるたび、チカッチカッチカッと視界が幾度となく明滅を繰り返した。指の動きに合わせて「あっあっあっ」とひたすら啼く。このままこの心地よさに溺れてしまいたい──そのようなことさえも考えてしまった。

だが、それでも──

「だから……やめ……やめてっ！　お願いだから……もうこれ以上はっ！」

レインを再び止めようとする。

「どうして？　気持ちいいのに何故ですか？」

「だ、だって……だって……なんか怖い。んふうう！　あたし知らない。こんなの知らないのっ！　知らない感じ……。それが怖い。んんん！　こわ……いの……だから……レイン……だから……もうっ！」

強烈な快感が身体の内側から膨れ上がってくるのを感じる。今まで感じたことがない感覚だった。そのことになんだか恐怖さえ覚えてしまう。だから止めて欲しかった。ここでやめて欲しかった。それを必死に訴える。

「それって……絶頂？　イクということですか？」

イク──言葉の意味は知っている。

イクってどんなことなんだろう？　そんなことを夢想したことだってあった。

だから分かる。今、自分が感じている感覚がイクということなのだ――と。

「し……しら……ないっ！」

それでも認めはしなかった。

「そうですか……。では、知って下さい。ほら……ほら、ほらっ！」

ぐっちゅぐっちゅぐっちゅぐっちゅぐっちゅ……。

ただ、どんな言葉を投げかけたところでレインは止まらない。それどころか愛撫をより激しいものに変えてくる。これまで以上に激しく陰核を扱き上げてきた。しかも、行為はそれだけでは終わらない。

「ふっちゅ……はちゅううっ……んっちゅ……ちゅうううっ」

再び首筋にキスをしてきた。もちろん、ただ唇を押しつけてくるだけではなく、ジュルジュルと吸引まで行ってくる。肌に鬱血痕《うっけつこん》が残ってしまいそうなほど激しい吸い上げだった。この身体は私のものだ――と所有印を刻もうとするかのような激しさ。

「やぁああ……それ……それはぁあ！」

熱を増す愛撫に比例するように愉悦も大きくなっていく。

そうした快感を後押しするように、レインは秘部を弄り回しつつ、愛の身体中に口付けをしてきた。乳房にキスをし、啜《すす》ってくる。脇腹にも唇を這わせてくる。チュウウウッと吸われるたび、キスマークが愛の身体に刻まれていった。

「な……なんか……来るっ！　これ……あっは……んはぁあ……おさ……あ……たし…

「……抑え……られない！　凄い！　凄いのっ！　我慢とか……む……無理ぃ」

津波のように快感の奔流《ほんりゅう》が押し寄せてくる。

「イキそうなんですね。いいですよ。はぁっはぁっはぁ……。見せて下さい。愛……貴女が。ふううっ……イクところを私に見せて……んちゅっ……ふちゅううっ」

止《とど》めとばかりに首筋をより強く吸ってくる。指先で陰核を押し込むように刺激してきた。

「あ……だ、だめっ！」

瞬間、快感が弾ける。視界が強烈な愉悦によって真っ白に染まった。

「い……イクッ！　あっは……んはぁああっ」

イク——そうとしか表現のしようがない感覚だった。

全身が蕩けてしまいそうなほどの愉悦が広がる。反射的に愛は自分にのし掛かるレインの身体を抱き締めた。ギュッと強く。そんな状態で全身をガクガクと震わせる。秘部からはブシュッと愛液が溢れ出した。

「はっひ……んひっ……あっあっ……はぁあああ」

（き……気持ち……いいっ）

否定できない快楽。レインの身体を抱き締めたまま、熱い吐息を響かせた。

「はふう……あはぁああ……はぁ……はぁ……はぁ……」

やがて力が抜けていく。レインを抱き締める腕から力を抜いた。ぐったりとベッドに横になる。全身が全力で運動をした後みたいな気怠《けだる》さに包み込まれた。

レインの重みを感じながら、何度も肩で息をする。身体中が汗で濡れていた。

「……イキましたね。気持ちよかったですか？」

達した愛にレインが囁くように問いかけてきた。

「それは……その……」

僅かだが口籠もる。口籠もりつつ、レインの顔を見た。

その顔は、どことなくだけれど不安そうなものに見えた。なんだか泣きそうな顔にも見える。こんなことをしてきたのはレインの方なのに、何故こんな顔を？　そんな疑問を抱かざるを得ない顔だった。

だからだろうか？

「……うん……気持ち……よかった……」

嘘をつくことなく、愛は素直な気持ちを口にした。

「……そう……ですか」

その答えにレインはどことなくホッとするような表情を浮かべた。

「レ……イン？」

一体どうしてそんな顔を？　ジッと王女を見つめる。

そうした視線にレインは気付くと、すぐにいつも通りの無表情に戻った。

「ご苦労様でした。お陰様で夜のことをまた一つ学ぶことができましたよ」

などという言葉を向けてくる。

なんだか少し言い訳のようにも聞こえる言葉だった。

（それに……夜のことを学ぶって言っても……そっちからってのじゃ……勉強にならないんじゃやないの？）

男の方を襲うつもりなのだろうか？

などという疑問を抱く。

しかし、それを口にする余裕はなかった。

（なんか……目蓋《まぶた》……重い……）

達した為か、なんだか異様なほどの眠気を感じた。普段ならば話をした後、床にある自分の寝床に戻っているのだが、それもできそうにない。強烈な眠気は抗《あらが》えるようなレベルではなかった。ゆっくりと愛は瞳を閉じる。

眠りの中に意識が落ちていく。

その瞬間——

「……ごめんなさい」

レインの声が聞こえた気がした。

第三章　なんだかドキドキ、ムカムカする

「あの……えっと、そ……その……お、起きて下さい。仕事の時間ですよ」

愛の耳に声が聞こえた。遠慮がちに自分を呼ぶ声が。

「あ、う……う～ん」

なんだか身体に気怠さを感じる。正直もっと寝ていたい。だが、そんな想いを邪魔するように、声の主はこちらの身体まで揺さぶってくる。

「ふぁ、ふぁ～い」

眠いが仕方がない。ゆっくりを目を開けた。重い目蓋を何度も擦りつつ、上半身を起こす。するとベッドサイドにランタンを手に持った――夜明け前なのでかなり部屋は暗いのだ――ミストが立っていた。

「あ、ミストさん……おはようございます」

ぼんやりしながら朝の挨拶をする。

「その……お、おはようございます」

ミストも挨拶を返してくれた。ただ、なんだかいつもと声のトーンが違う気がする。動揺しているようにも聞こえた。

「どうかしましたか？　って、もしかしてあたし……寝坊？」

そういえばこうしてミストに起こされるのは久しぶりな気がする。最近は自分で自主的に起きていたのだが……。朝の支度という仕事があるのに寝過ごした？　だから、ミストは起こしに来た。ミストのトーンがいつもと違うのは、動揺だからではなく、怒っているから？　寝起きだというのに、一気にそこまで愛は思考する。低血圧とは思えない覚醒っぷりだった。

「それはその……その通りなんですけど……えっと、それよりもなんというか……その……あの……」

（……ん？）

寝坊に関して怒っているというわけではないらしい。どうやら本気でミストは動揺しているようだった。何故か顔を真っ赤にしながら、こちらを気まずそうに見ている。

「何か変ですか？」

つられるように愛は自分の身体を見た。

「——あ」

そこで気付く。

いつも寝間着として身に着けているワイシャツが脱がされていることに……。しかも、ブラもずらされ、乳房が剥き出しになっていた。しかも、ただ肌が剥き出しになっているだけではない。露わになった柔肌には、誰の目から見てもキスマークとしか思えない鬱血痕が幾つも幾つも残っていた。ランタンの明かりだけでもはっきりとそれは分かる。

普段は床のはずの愛が、レインと並んでベッドに寝ている。ほぼ全裸で、しかも身体中に口付け跡を残して……。昨晩ここで何が行われたのか？　どんなに察しが悪い人間でも理解できる状況だった。

「や……やぁあああっ！」

羞恥が膨れ上がってくる。慌てて胸元を手で隠しつつ、愛は悲鳴を上げた。

「……ん？　んんっ」

かなり大きな悲鳴。レインがもぞもぞと動き出す。

「なん……ですか？　もう朝ですか？」

ゆっくりと王女の身を起こした。

「あ、その……まだ、朝には」

動揺しつつミストは静かにレインに告げる。

「んんん？」

レインは不思議そうに首を傾げつつ、羞恥で顔を真っ赤に染める愛と、ベッドサイドで硬直しているミストを見比べた。

「ああ……そういうことですか」

そしてすぐ、何かを察したかのように頷くと——

「昨晩、愛に伽を命じました」

さも当然のことのように、静かな表情で口にするのだった。

＊

（な、なに？　なんだったと？　夜のアレ――なんだったのよぉおおっ！）

就業時間――いつも通り愛は城中の掃除を行っていた。普段通り箒《ほうき》で埃を集め、絞った雑巾で廊下を磨いていく。いつも通りの仕事。これまでと何ら変わらない仕事。しかし、愛の心は動揺に動揺していた。

（意味分かんない。なんでレイン……お姫様、あんなことをあたしに？　いや、それは確か……練習……そう、練習だって言ってたけど）

だからって身体を実際に重ねるなんてまるで理解できない。そういうのは好きな相手とすることではないのだろうか？

（でも……伽とかなんとか言ってたよね）

伽というのは確か王様みたいな偉い人間が、妻や側室に夜の相手を命じることのはずだ。違う、妻とかだけじゃない。時には気に入った家臣にも……。確か本にはそう書いてあったはずだ。

（つまり、王族にはアレが普通ってこと？）

実際、レインはミストに対してまるで動じるような素振りを見せてはいない。いつもと同じ表情だった。

（待って、本当に同じだった？）

少し考える。レインは表情を隠すのが得意な人間だ。だからもしかしたら動揺していたってことだってありうる。そう考え、ミストに向けていたレインの表情を思い出そうとする。だが――

（無理！　分かんない！　ってか、分かるはずない。だって……だって……）

愛自身が動揺に動揺を重ねていた。あんな状況で人の顔など見ている余裕などない。当然レインがどんな顔をしていたかなんて記憶は、さっぱり残っていなかった。

（どうしよ……あたしどうすればいい？）

どんな顔でレインと接すればいいのか？　いい案なんてまるで思い浮かばない。

結局、そうした悩みを解決できぬまま、清掃の仕事を終え、愛はレインのいる執務室に向かった。

「えっと、掃除終わりました」

動揺したままレインに報告する。

「そう……ご苦労様です」

レインはいつも通りの言葉を向けてきた。

「あ……その……う、うん」

頷きつつ、いつレインに命令されても大丈夫なよう、彼女の脇に立つ。

王女はそんな愛に対して一切視線を向けぬまま、いつも通り書類にサインをし始めた。

本当にいつも通りである。これまでとまるで変わった様子はない。

（やっぱり王族にとってアレは普通？　当然のことなのかな？　こ……子作りが大事みた

いなことも言ってたし、練習はやっぱり必要？）

レインのこの変わらなさっぷりを見ていると、やはりそうとしか思えなかった。ただ、だとすると一つ問題がある。それはミストの反応だ。

朝、愛の姿を見たミストは間違いなく動揺していた。顔を真っ赤に染めたあの表情。恥ずかしがっていたことは間違いないだろう。

（……それがおかしい）

ミストは間違いなくプロだ。侍女としてまったく隙がない。すべての行動を主人の為にできる人間だと思う。それも当たり前だ。前にミスト自身に話を聞いたことがあるのだが、彼女はレインが赤子の頃から仕えていたらしい。つまり、ミスト自身もまだまだ子供の頃からである。完璧な侍女として振る舞えるのも当然だろう。

だからこそおかしいのだ。主人の前であんな恥ずかしがるような姿を見せるなんて……。

（つまり、ミストさんだってアレを見たのは初めてってことだよね）

そんなことを考えつつ、自分と並んで立っているミストにチラッと横目を向ける。

「――え？」

すると、彼女と目が合った。

普段ならば静かに主人を見守っているミストが、愛の方を見ていたのである。予想外の事態に思わず声を上げてしまった。

ただ、それはミストも同じだったらしい。カアッと頬を赤く染めると、慌てた様子で愛から視線を逸らした。

（やっぱ動揺してる。しかも滅茶苦茶っ！）

その点から導き出される答えは一つしかない。

やはりレインの昨晩の行動は異常だったということだ。

（レイン……ホントにあれ、ただの練習だったの？）

改めてレインへと視線を向ける。

だが、分からない。普段と同じ表情で、いつもと同じように仕事を熟《こな》す王女を見たところで、彼女の考えなどまるで読むことができなかった。

いや、もしかしたら普段の愛だったら多少の変化くらい見つけられたかも知れない。けれど、今の愛は明らかにいつもとは異なっていた。

（これ……な、なんだろう？　なんか胸が……）

ドキドキと胸が高鳴る。頬が熱い。レインを見ていると、それだけでなんだか全身が熱くなっていくような感覚を抱いてしまう。息苦しささえも伴った変化だった。

脳裏に昨晩の行為が蘇ってくる。自分を何度も愛撫してきたレインの顔が思い浮かぶ。重なり合った身体から伝わってきた体温を思い出してしまう。息が詰まるような感覚とでも言うべきだろうか？

（ホントわけワカンナイ。なんなの？　マジこれ……なんなのよっ！）

誰かを見てドキドキするなんて生まれて初めてのことだった。自分が抱いている感情がなんなのか、それがさっぱり分からない。正直愛は混乱の極にあった。

そうした混乱は、結局夜まで続いた。

＊

「…………」

就寝時間だ。

愛は無言で床に寝転がっていた。レインはベッドの上にいる。いつもならばここで「それじゃあ話をしましょうか」と愛か王女のどちらかが言い出す場面だった。ただ、今日はまだどちらも口を開いていない。

室内に広がる無言の時間――なんだか酷《ひど》く緊張した。

（やっぱり……する？　また今晩も練習するのかな？）

などということを考えてしまう。再びレインに肢体を愛撫されることを想像してしまう。するとそれだけで、何故か下腹部がジンジンと疼いた。

けれど、レインは何も言ってこない。ベッドに横になったままだ。

（やっぱい、この沈黙耐えられそうにない）

精神的な限界を感じてしまう。

（こ、こうなったら……）

愛は上半身を起こすと「あ、あのさ……お姫様」と自分からレインに声をかけた。何をするにしろ、しないにしろ、早く何か指示を出してもらいたかったからだ。

だが――

「………………」

返事はない。レインは黙ったままだ。

「もしかして寝たの？」

もう一度話しかける。

「…………」

やはり答えは返ってこない。どうやら本当に眠ってしまったようだ。

「マジで」

思わず呟いてしまう。

（昨日、あんなことしたのに。あんな……あ、あんなことして……その次の日の二人きりの時間なのに……。寝た？　普通に？　うっそでしょ？　あたしはこんなに……）

動揺しているというのに、レインには何もないのだろうか？　何か話をするようなことはないのだろうか？

（信じられない）

さっぱり理解できなかった。昨晩のようなことはしないにしても、少しくらい話があってもいい気がしたからだ。せめて昨日のことについてもう少し聞かせてくれても――と。

ただ、だからといってレインを無理矢理起こすなんてことはできない。一日中働いていたのだ。話もできないくらい疲れていてもおかしくはない。

(明日、何か教えてくれるかも知れないし。今日は大人しく寝るか)

そんなことを考え、瞳を閉じる。

しかし——

(明日にはまたするのかな?)

そう考えると異常なほどにドキドキしてしまい、なかなか眠ることができなかった。

結果、翌日は朝から欠伸を連発することになってしまった。ただ、それは愛だけではなく、早くに寝たはずのレインも何故か同じであり——

「お二人とも寝不足ですか?」

などとミストにも心配されてしまう始末だった。

＊

——三日が過ぎた。

だが、未だにあの夜のことについて愛はレインとまともに話ができていなかった。

レインが執務で忙しい昼間はほとんど話せない。その上、二人きりになれる夜も、レインの就寝が異常に早いせいで会話をする暇がなかった。

(早くなんとかしないとヤバいかも)

三日間、レインとの間には何もなかったと言ってもいい。しかし、何もないが緊張はある。そのせいで寝付きが非常に悪くなってしまっていた。目を閉じているのに眠れないという状況。お陰で最近は仕事中も欠伸ばかりである。このままだといつか体調を崩してしまいそうな気さえした。

（こうなると今晩こそお姫様と話を……）

待っていてはきっと駄目だと思う。自分から話をしなければならない――と、毎日考えてはいるのだ。しかし、どうしてもレインと会話することに緊張を覚えてしまう自分がいた。結果、毎晩声をかけられずということに……。

（あたしってこんなキャラだったっけ？）

自分でも結構社交的な人間だと思っていたのだが、案外そうではなかったらしい。

「はぁあぁ～、なっさけな」

箒を持った状態で大きく溜息をついた。

「大丈夫ですか姫様？」

聞き慣れた声が聞こえてきたのはその時のことである。

「――ん？」

視線を向けると城中の廊下をミストとレインが歩いていた。コツコツと足音を響かせながら、二人はゆっくりとこちらに近づいてくる。思わず愛は物陰に隠れた。

（って、なにやってるのよあたしはっ!!）

自分で自分の行動の意味が理解できず、心の中でツッコミを入れる。

「大丈夫？　何がですか？」

そんな愛には気付くことなく、レインは足を止めるとミストに対して首を傾げた。

「何がってその……最近姫様、なんだかお疲れのように見えまして」

「ん……ああ」

心当たりがあるのか、ミストの言葉にレインは頷く。

「少し寝不足で」

「寝不足？」

（寝不足？）

ミストが問い返すと同時に、愛も心の中でレインに尋ねた。

レインが寝不足などとはおかしな話だからだ。最近レインは自分よりも遥かに早く寝ていたからだ。だから話もできないという状況で……。

「寝付きが悪いのですか？　それと……も……」

そこまで口を開いたところで、ミストは一度口を閉じた。何故か分からないけれど、ほんのりと頬を赤く染める。

「どうしました？」

不思議そうにレインは首を傾げた。

「あ……いえ、別になんでも」

慌てた様子でミストは首を横に振る。何かを誤魔化すような態度に見えた。

「なんでもない風には見えません。どうしたのですか？」

流石に目敏いレインは気付いたのか、質問を重ねる。

「どうって……それはその」

「私に誤魔化しは許しませんよ。はっきりと教えなさい」

どうやらレインは隠し事の類いがあまり好きではないようだ。重ねてミストに問う。対するミストは「え～と、あの……」と困るような素振りを見せた後、やがて諦めるようにはぁっと溜息をつくと――

「その……夜、愛さんと……その……と、伽を……」

恥ずかしそうにしつつ、ミストはそのような答えを口にした。

「――なっ⁉」

(――なぁあああっ！)

レインが驚く。それは隠れている愛も同様だった。

「ど、どういうことですか！　何故そうなるのですかっ‼」

珍しくレインの顔に動揺の色が浮かぶ。

「何故ってそれはその……前にお二人で寝ているところを見てしまいましたし……。それにその、ここ最近愛さんも寝不足みたいでしたから。二人で寝不足――となるとやっぱり……そ、そういうことなのかなぁと……。あ、あははは」

それなりに筋が通った思考だった。

(でも、違うぅうう！　違いますミストさん！　してない！　そんなことあたし達……あ、あの夜以来してませんからっ！)

「ち、違いますよミスト！　それは勘違いです。していません。私達はあの夜以来、そういうことはしていませんから！」

愛に同調するようにレインはミストの考えを否定した。

「そうなのですか？　まぁ、それならばそれでいいのですが。しかし、だとすると何故お二人は寝不足なのですか？」

「何故ってそれは」

レインは口籠もる。

（寝不足。レインが……。どうして？）

愛にも理由は気になった。取り敢えず先程までの羞恥を忘れ、王女の答えに意識を集中させる。

「単純に寝付きが悪いだけです。愛に関しては……知りません」

けれど、聞いたところで特にレインの考えが分かるような答えではなかった。はぁっと愛は溜息をつく。

「なるほど。そうですか。まぁ、姫様がそう仰るのであればそういうことにしておきます。しかし、あまり無茶はしないで下さいね。心配になってしまいます」

ジッとミストはレインを見つめる。侍女のそんな視線を王女は真っ直ぐ受け止め——

「分かっています」

実に素っ気ない返事をするのだった。

しかし、その表情はどこか和らいでいるように愛には見えた。一見するといつもと変わらぬ無表情に見える。しかし、僅かだけれど口元が綻《ほころ》んでいるような気がした。なんだか優しさを感じさせる表情である。

(あんな顔初めて見るな)

愛にはこれまで見せてくれたことがない顔のような気がした。

(まぁミストさんとは子供の頃からずっと一緒なんだもんな。家族みたいなものって考えれば、ああいう顔をするのも当然か)

そうだ。当たり前のことだ。

(でも……なんだろうこれ？)

理由は愛自身にもよく分からない。けれど、なんだか胸の辺りがとてもモヤモヤした。なんというか、少しムカムカもする。

(ああ、もう、マジ何なのっ⁉　意味分かんない)

自分の感情なのに理解できない。なんとなく心の中で毒づいた。

＊

その晩もレインはそうそうに床についた。ベッドの上で身じろぎもしない。愛はそんな彼女の姿を床に転がったまま、ジッと見つめた。

(昼間ミストさんにお姫様は寝不足だって言ってた。もしかして寝ているようには見えるけど、本当は起きてるってこと？　声をかければ返事をしてくれる？)

一度身を起こす。そのままレインを呼ぼうとする。しかし、どうしてか口を開くことはできなかった。

結局また、愛は床に横になる。何も言えぬまま、結局この夜もなかなか寝付けぬ夜を過ごすのだった。

＊

翌日――なんだか城中が騒がしかった。

城で働く様々な人々が、朝からせわしなく動き回っていたからだ。愛はゴミ捨てを行いつつ、知人のバスター――こっちの世界に来たばかりの愛を捕まえたあの兵士の名前だ――に「今日ってなんかあんの？」と実に軽く尋ねてみた。

「え？　お前、姫様専属奴隷のくせに聞いてないのか？　って、まぁ、それもそうか……今日の訪問はお前が来る前から決まってたことだからな」

「どゆこと？」

「使者が来るんだよ。シュテファンから」

「しゅてふぁん？」

一瞬単語の意味が理解できず首を傾げる。が、すぐにそれがレインが嫁ぐことになる隣国の名前であることが分かった。

「でも、何しに？」

訪問の理由を尋ねる。するとバスターは隠すことなく事情を説明してくれた。

＊

「つまり打ち合わせってこと？」

「簡単に言えばそうなるな。だが、それだけじゃない。今回は新郎も来るらしい」

「新郎？　えっと……つまり婚約者ってこと？　婚約者本人が結婚の打ち合わせに？」

　確か話によるとレインの婚約者はシュテファン王国の大貴族のはずである。そんな人間がわざわざ自ら打ち合わせなど行うものだろうか？　偉い人間というのはただ下々が準備したことを粛々《しゅくしゅく》とこなすだけのような気が……。まぁ、所詮《しょせん》はファンタジー小説などの知識でしかないが。

「まぁ、普通はないことだからな」

　愛の疑問にバスターは何も言わずとも気付いてくれた。

「どうも話によると婚約者殿が自分から言い出したことらしい。結婚前に相手の顔を確認しておきたい――とな」

「顔の確認って……なんの為に？」

　顔も知らない相手と結婚する――そんなことはごめんだと愛は思う。だから気持ちは分からなくもない。ただ、この婚約は国と国で決めたものではないのだろうか？　顔がどうこうとか、そういう次元ではない気がする。だというのに顔を確認したいとか――なんだか失礼な話のような気がした。第一、確かこの世界には写真に似たものがあったはずだ。確か真写の魔法という奴が。真写――魔法を使って景色や人の姿などを特殊な紙に写し出す魔法である。それを使えばわざわざ来る必要なんかないはずだ。それなのにどうして？

「……さぁな」

兵士如きには分からないさ――とバスターは首を横に振った。

＊

その日の昼過ぎ、シュテファンからの使者一行が到着した。この一行を出迎えたのはレインだけではない。アスタローテを代表する貴族達と国王もだ。ただ、その場に愛は居合わせなかった。理由は単純、奴隷なんて低い身分の者が参加できる場ではなかったからだ。

だが、その夜、愛はシュテファンの者達を見る機会に恵まれた。

一泊する使者達の為に晩餐会が開かれたのだ。その場に人手として愛も駆り出されたのである。

（すっごい人。城内にこんなに人っていたんだなぁ）

会場ホールに集まった人々の数はかなりのものだった。千人近くはいるかも知れない。なんだか圧倒されてしまう。ただ、それでも愛は持ち前の順応力であっさりこの状況を受け入れ、雑用係としてキビキビと働いた。

飲み物が欲しいと頼まれればそれを用意し、具合が悪いという人がいれば医務室に連れていったりもした。

（お城の晩餐会か……こんなの映画とかの中だけの話だと思ってたけど。こうして参加できるなんて結構感動かも。こういう体験、まさに異世界転移の醍醐味《だいごみ》ね！）

なんてことを軽く考えながら仕事をしていると、一際《ひときわ》大きな歓声が上がった。

(なんだろ?)

そちらへと視線を向ける。

するとホールにレインが入ってきた。普段の青い冷たい感じがするドレスとは違う、やたらとフリルみたいなものが沢山ついた赤いドレスを身に着けた王女が……。頭にはティアラを載せている。まさにお姫様といった面持ちだった。

(……綺麗)

思わず見とれてしまう。

因みにレインをエスコートしているのは見慣れない男だった。豪勢なマントに、頭には王冠を載せている。多分アレがレインの父である国王なのだろう。城中の人間に聞いた話によると確か今年で四十歳になるはずである。ただ、とても疲れ、年齢以上に老けているようにも見えた。下手をすると六十近い老人にも見えるほどである。美しいレインに対し、なんだかみすぼらしくさえ見えてしまい、痛々しさのようなものまで感じてしまった。

そんなレインと王の前に一人の優男《やさおとこ》が進み出る。

(誰だろう?　いかにも貴族って感じだけど)

青と白の軍服を思わせるような衣装を身に着けた男だった。髪の色は金色。金髪碧眼《へきがん》とか、まるで少女漫画のヒーロー役にも見える。下手な外国俳優なんかよりもよっぽどカッコイイ男だった。実際、ホールに来ている女性貴族達の大半が見惚れている。その気持ちはあまり男に興味がない愛にも分かるほどだった。

ただ、どうしてだろうか？　なんとなく気に入らなかった。

もちろん、愛が気に食わないと思ったところで男が消えるわけではない。それどころか男はレインの前に跪くと、彼女の手を取り、その甲に口付けした。

そのまま二人はダンスフロアへと移動した。

「まぁ、凄い」

「なんと美しい」

無数の貴族達に囲まれた状態で、二人だけで踊り始める。貴族達がホウッと息を吐いた。

(確かに凄く綺麗……)

ドレス姿のレインと軍服の男が舞う。その光景はまるで映画のワンシーンを切り取ったかのように、神々しささえ感じさせるものだった。

けれど、どうしてかその光景に辛さを覚えてしまう。ただでさえ抱いていた気に入らないという思いが、更に大きく膨れ上がっていくのを感じた。

そのような苛立《いらだ》ちを感じる愛の前で、二人は曲を踊り終えた。

「……ありがとうございました」

レインはスカートの裾を持ち上げ、優美に頭を下げる。

「ふふ、こちらこそ……」

男は薄笑いを口元に浮かべた。

その上で、大勢の貴族達の前だというのに、レインの顎《あご》に手を添えると、グイッとその顔を持ち上げた。

「――なっ⁉」

想定外の事態だ。思わず愛は声を上げてしまう。いや、愛だけではない。貴族達もざわめいた。

だが、男は気にすることなく、ジッとレインを見つめる。

「しかし、私はラッキーですよ」

男がレインに囁いた。

「ラッキー？　何がでございますか？」

「ふふ、貴女の美しさがですよ。このたびの婚約、私は仕事として割り切って引き受けました。ですが、それでもどうしても確かめておかなければならない点があった」

このたびの婚約――どうやらあの男がレインの婚約者らしい。

「確認……ですか？　一体何を？」

あまりに礼を失した行為をされているというのに、レインは動じることなく男に尋ねた。表情も普段と何ら変わらない。

「もちろん、顔ですよ。一応真写でも見ていましたが、実物も見ておきたかったんですよ。真写の加工で美人にしているという可能性もありましたからね。伴侶にするということは、常に共に暮らすということです。その点において顔とはとても大事なものです。私はね、醜いものと共に暮らすつもりはないのですよ。ですから、もし姫が醜ければ……今の内に側室を探しておこうと思いましてね」

どこまでもストレートに告げる。最悪すぎる言葉の数々を……。

「なるほど。それで、私は合格だったと」

「はい。合格です。貴女が相手ならば、しばらく側室はなしでも問題なさそうです」

一国の王女に対する言葉とは思えない。まるで物に対する評価のようにさえ聞こえる言葉だった。

（あいつっ！）

苛立ちの炎が燃え上がる。

その時、チラッとだがレインがこちらを見た気がした。普段と変わらない顔だ。でも、どことなく悲しそうにも見えた。

思わず愛は拳を握り込む。

（許せない）

殴る。ああいう奴はぶん殴ってやった方がいいっ！

別に愛は攻撃的な人間じゃない。これまで誰かに暴力なんか生まれてこの方《かた》振るったことはなかった。だが、抑えられない。あいつだけは許せない——そう思った。

激情のままに歩み出そうとする。

「駄目です」

しかし、止められてしまった。背後から手を掴まれる。振り返ると、そこにはミストとバスターが立っていた。

＊

「なんで止めたのよ。あんな男……殴ってやらなくちゃ気が済まないわ」

二人によってホールから連れ出されてしまった。そのことに文句を言う。

「気持ちは分かるさ。だが、それは駄目だ。シュテファンとの国際問題になる」

バスターが首を横に振る。

「だからって……あんな……レインが可哀想よ！　それに……あそこに集まってたこの国の人達はアレでいいわけ？　あんなこと言われて……。アレじゃあこの国そのものが馬鹿にされてるみたいじゃないっ！」

一国の姫に対する無礼。それは国そのものに対して礼を失しているとは言えないのか？

「みたいじゃない……です。馬鹿にされているんですよ」

寂しそうにミストは語った。

「だったらどうしてこんなっ！」

「それでもこの城の人々はあの男に、シュテファン王国に縋《すが》るしかないのですよ」

「それってどういう？」

「簡単な話だ」

問いかけにはミストではなくバスターが答えてくれた。

「不敬なことを言ってしまうが、現状我が国の王政は限界を迎えようとしている。王家の力は限りなく減少し、かつての勢いはもうない。王政を廃止、ローゼンのように共和制に移行しようという人々の勢力が日増しに大きくなっているという状況だ」

そういった話は前にも聞いたことがある。

「でも、それとあの男とお姫様の結婚にどんな意味があるのよ？」

「陛下はレイン様を差し出すことでシュテファンを後ろ盾にするつもりなのですよ」

「——え？」

ミストの言葉に愛は目を見開く。

「つまり、待って……それって……えっと……政略結婚ってこと？」

「簡単に言えばそういうことだな」

バスターが頷く。

そうした二人の答えを聞いた瞬間、愛の脳裏には数日前の出来事が蘇ってきた。レインの結婚に関して「憧れちゃう」などと口にしてしまったことを……。

＊

「……戻りました」

夜——かなり遅い時間、レインが寝室に戻ってきた。

「お帰り……」

愛は一人レインを出迎える。

姫とその奴隷のやり取りとはとてもではないが思えない。残業して帰ってきた夫と、それを待っていた妻みたいな構図だった。

普通王族がこんなことあり得ないのではないか？　結構前から愛は疑問に思っていた。そして、きっと異世界だからそういうものなのだろうと軽く受け入れていた。しかし、どうやらそれは違ったらしい。こうなっているのは、レインが極力侍女を自分につけないようにしているからだとミストから聞いた。自分などの為に予算を回すくらいであれば、民の為に——という考えらしい。何もかも、すべてはまず国の、民の為。それがレイン＝ファル＝アスタローテという人間だった。

「まだ起きていたのですか」

レインが少しだけ驚いたような表情を浮かべてみせてくる。

そんな彼女を愛はジッと見つめつつ——

「ねぇ、いいの？」

静かに尋ねた。

「何がですか？」

質問の意図が分からなかったのか、レインは首を傾げる。

「本当にあいつと結婚していいの？」

重ねて尋ねた。

この問いにレインは一瞬ピクッと肩を震わせる。ただし、本当に一瞬だ。すぐにいつもと変わらぬ表情で「何故そんなことを？」と尋ねてきた。

「何故って、そんなの考えるまでもないでしょ。あんな男……あんな奴と結婚して幸せになれるとは思えない。お姫様は本当にそれでいいの？」

問いつつ、ひたすら愛はレインを見つめ続けた。

その視線に王女は僅かだけたじろぐ。その上で、ふいっと視線を逸らした。

「……当たり前です」

小さな声で呟くように言う。

「……それ、嘘でしょ」

とてもではないが信じられなかった。

「本当です」

「……ホントに？　だったら、あたしの目を見て答えてよ」

嘘なんか許さないとでも言うように、問いを重ねる。対するレインは一度こちらへと視線を向けてきた。目と目が合う。瞬間、王女の視線は揺らいだ。が、すぐに王女はギリッと奥歯を噛み締めると、突然立ち上がり、愛へと近づいてきた。

「な、なによ？」

「……私は……嘘などついていません。私はあの方との結婚を受け入れています。心の底から……。だから――」

「へっ⁉」

レインは愛の手を取ると、いきなりベッドに押し倒してきた。まるで予想もしていない動き。まったく対応できず、またしても王女にのし掛かられるような体勢となってしまう。

「こうして夜の練習だってするんですよ」

そう言うと、レインは愛の身に着けているメイド服のスカートを捲り上げてきた。

「ちょっ！　だ、駄目っ！」

ショーツが剥き出しになる。

「拒絶は許しません。奴隷という立場を弁《わきま》えなさい」

「うっ」

それを言われると動けなくなってしまう。

「では、行きますよ。愛……」

レインはソッと愛の秘部に手を伸ばしてきた。

＊

くっちゅ……ぐちゅっ……。にゅちゅううっ……。

「んっく……あっ……はぁあ……だ、駄目……レイン……駄目だよぉ」

「駄目？　何が駄目なのですか？　貴女のここ……こんなにグショグショになっていますよ。ほら、聞こえるでしょ？」

スカートを捲られ、下着を剥ぎ取られ、剥き出しとなった秘部をレインが指で弄り回してくる。それに合わせてグチュグチュという淫猥な水音が響き渡った。

「お漏らしでもしているみたいに濡れています。これ、気持ちいいんですよね？　感じているんですよね？」

「そ……それは……」

感じているなどと認めるのは恥ずかしい。しかし、愉悦を覚えてしまっていることは紛れもない事実だ。嘘をつくのは苦手なせいで、否定の言葉をすんなりと口にすることはできなかった。

「やっぱり気持ちよくなっているんですね。でも、駄目ですよ。主人を差し置いて奴隷が一人で気持ちよくなるなど」

「——え？」

「今回は私も……貴女と一緒に気持ちよくさせてもらいます」

一緒に気持ちよく——意味がよく分からず戸惑う。そんな愛に、これが答えだというようにレインは僅かに頬を染めつつも、躊躇うことなく身に着けていたドレスを脱ぎ捨ててみせてきた。いや、ドレスだけではない。白い下着まで外す。プルンッと明らかに愛のものより一回り大きなお椀型の乳房が、一切陰毛の生えていないなんだか幼さを思わせる秘部が、剥き出しになった。

（す……凄い……）

染み一つない白い肌。ベッドサイドに置かれたランタンの明かりに照らされる肢体は、この異常な状況さえも忘れて見入ってしまうほど美しい。

妖艶な女とまだまだ幼い少女――その二つの相反する魅力が綯《な》い交《ま》ぜになっているかのような肉体だった。思わず愛はゴクッと息を呑む。

「肌を晒《さら》すのは……少し恥ずかしいですね」

頬を僅かだが赤く染める。ただ、それでもレインの表情はあまり普段と変わらない。それでも、彼女も恥ずかしがっていることはすぐに理解できた。

「は、恥ずかしいならやめても……」

「駄目です」

レインは止まらない。

愛の足を取り、大きく左右に開いてきた。かと思うと、ゆっくり自身の秘部を、こちらの濡れそぼった秘部に押しつけてきた。

「んひんっ！」

鮮やかなピンク色をしたレインの秘部と、肉襞が幾重にも重なる少し肉厚な愛の秘部が触れ合う。途端にグチュッという音色が響いた。

肉花弁に熱く火照ったレインの体温が伝わってくる。いや、それだけではない。同時にヌルヌルと湿った感触も……。

「これ……濡れて……」

愛はすぐにレインのそこも自分と同じように濡れていることに気付いた。

「当たり前です。私だって……こんなことをすれば興奮します」

「……興奮」

妙に生々しい言葉に聞こえる。ただでさえ昂っていた肉体がより熱く火照っていくのを感じた。それと同時になんだか少し嬉しくもなる。レインが自分で興奮している——そう考えると何故か胸がキュンキュンと高鳴った。

「っ、どこでこんなこと」

そうした自分の想いを誤魔化すようにレインに尋ねる。

「夜のことは学んだと言ったでしょ？」

「で、でも……女同士ってのは……」

「それはその……最近仕事の合間に本で……」

「え？」

なんだか声が小さくて聞き取れない。首を傾げて問い返す。

「な、なんでもありません！　それよりも……いきますよ」

顔を真っ赤に染めつつ、レインは更なる行為を開始する。秘部と秘部を密着させるだけでは満足できないとでも言うように、ゆっくりと腰を振り始めた。

「あっ！　それっ！　んっく！　あっ！　こんな……んんっ！　こ、擦れてっ！」

秘部と秘部が擦れ合う。途端に指で弄られた時に勝るとも劣らないほどの愉悦が走った。

ヒダヒダがヒダヒダで擦られる。陰核が強く圧迫される。

「あっは……んぁああっ！　やっ！　声……抑えられないっ！」

強い性感。嬌声を抑え込むことができない。甘い愉悦に後押しされるように、愛は甘い悲鳴を響かせた。

「んふうう……気持ちよさそうですね。私も……んんんっ……私も……あっあっ……同じですよ。んんんっ……これ……こうやって……あっは……んはぁああ……愛と大事な所をくっつけていると……私も凄く……気持ちいいです」

愛に合わせるようにレインも「あっあっあっ」と喘き始める。これまで聞いたことがないほど艶やかな声で、快感の悲鳴を響かせてきた。

（お姫様……凄くエッチな声……。やだ……なんかこの声、あたしもっと……もっとぉ）

王女の嬌声が愛の昂りを煽ってくる。ただでさえ熱い身体がより熱く、今にも燃え上がりそうなほどに火照り始めた。

当然密着した秘部から溢れ出す愛液量も増していく。

ぐっじゅ……ぐじゅっぐじゅっぐじゅっぐじゅっぐじゅっ……。

淫部と淫部が擦れ合う淫らな音色が、どんどん大きなものに変わっていった。

「凄くイヤらしい音です。ああ……でもこの音……なんだか……私……んんんっ！　あっあっ……来る……かも……気持ちいいのが来ちゃう……かも……んっは！　あはっ！　あんっあんっ……あんんんっ！」

愛液同士の粘液音に興奮しているのは愛だけではないらしい。レインも昂りを訴えてきた。実際愛液の量も更に増している。

「お姫様……れ……レイン……あたし……これ……もうっ」

「私も……んんんっ……私もです」

はっきり何とは口にしないが、互いの身体がどういう状況にあるのかはよく分かった。

「んふうう……我慢できません。だから……一緒……はぁああ……一緒に……」

レインが声を上擦らせながら訴えてくる。

一緒——その言葉に身体がより熱くなり、胸が弾けそうなほどに激しく脈動した。

イキたい——レインと一緒に。抑えられないくらいに想いが膨れ上がる。

「うんっ！　一緒にっ！　うんっ！」

コクコクと首を縦に振りつつ、レインの動きに後押しされるように、ほとんど無意識の内に愛も腰を振り始めた。二人で腰をくねらせる。互いの性器を優しく愛撫し合う。グッチュグッチュグッチュという音色をより大きなものに変えていった。

「はぁああ……はぁっはぁっはぁっ……愛……私……わた……しぃいい！」

「あたしも！　レインっ！　はぁああ！　れ……レインッ‼」

互いの名を呼び合う。

女の発情臭を漂わせながら、身体中を汗で濡らす。愛液と愛液を絡み合わせていく。

これまで以上に強く、どちらからともなく腰を押しつけ合った。

「あっは……イクっ！　んんん！　レイン、あたし……い……イクぅうっ‼」

「わた……しも……あんんん！　私も……いき……ますっ！　はぁああ！　愛と！　愛と

「一緒に……んんん！　イックく！　イクのっ！　あっあっ――イクぅううっ‼」

瞬間、快感が弾ける。視界が白く染まるほどの愉悦に、二人は同時に包み込まれた。

「はふっ！　んふううう！」

「はぁあああぁ」

ビクビクと二人同時に肢体を震わせる。全身がこのままドロドロに蕩けて、レインと混ざり合ってしまうのではないか？　とさえ思えるほどの快感だった。

「あっは……はぁあああ……」

身体中から力が抜けていった。強烈な虚脱感の中で愉悦の吐息を漏らす。

「あ……愛……」

切なげな表情をしたレインが顔を寄せてくる。

「レイン……」

そんな彼女に答えるように、愛も視線を向けた。

二人の距離が縮まっていく。唇と唇が近づいていく。

だが、触れ合う直前でそれは止まった。レインが止めたのだ。

「……愛」

切なげな表情を浮かべながら、ギュッと王女は愛を抱き締めてきた。

そうした行為になんだか寂しさを覚えつつ、愛もレインを抱き締め返す。

そのまま二人は快感の中で眠りに落ちるのだった。

第四章　貴女の為に

(またしちゃった)

いつものように朝の仕事を行いつつ、愛は昨晩のことを思い出していた。またしてもレインと身体を重ねてしまった夜のことを……。

(なんでお姫様あんなこと……。本当に夜の練習のため？　そんなことに意味があるの？)

頬を赤く染めながら、レインがあのような行動に出た意味を考える。

(練習って言葉、なんとなく嘘って感じがする。でも、もしアレが嘘だったとしたら、じゃあどうして？)

身体を重ねるというのは特別な行為のはずだ。たとえ女同士であったとしても……。少なくとも愛はそう思っている。ということはつまり、レインは自分に対してそういうことをしていいという想いを？

(それってつまり……あたしのことが……す――)

ただでさえ赤い顔が、ボッという音が聞こえそうなほどの勢いで更に赤く染まった。

「あ、あり得ない！　あり得ないあり得ないあり得ないあり得ないっ‼」

慌てて愛は何度も首を左右に振り、自分の考えを捨てた。

(だって、そういう要素……一つもなかったじゃん。お姫様があたしを好きになるようなことなんてまったくってくらい。それどころかあたし、怒らせてばっかりだし……）

彼女の気に障るようなことばかり口にしてしまっている気がする。それなのにレインが自分を好きになるなんてあるはずがないのだ。だとすると、どうして彼女は自分を抱くのだろうか？

（もしかして、ストレス解消……とか？）

あり得る考えのような気がした。民のことを考えず自分のことばかりを考える王や貴族、しかも婚約者は最低な男——実際レインの生活はストレス塗れなのだから……。

本やなんかでやさぐれた男が女に手を出すというシーンは結構見た覚えがある。ストレス解消説というのは、我ながらなかなか説得力があった。

（ただ、その場合、あたしってただのイライラ解消道具なんだよね）

ちょっと酷い扱いのような気がする。

けれど、どうしてか自分にもよく理由は分からないけれど、それでレインの心が少しでも軽くなるのであれば、それはそれでいいような気がした。寧ろ少し嬉しい——などということさえ、心のどこかで考えてしまう。

（って、やっぱりあたしってマゾなワケ？　いやいや、あり得ない。そういうわけじゃないでしょ。なんていうか、その……お姫様が心配だから……）

自分とたいして年が変わらない。それどころか年下の少女が、一国を背負って懸命に働いているのだ。どれだけ辛いことだろうか？　もし自分が同じ立場だったらと考えると、それだけでも泣きそうになってしまう。だからこそ、少しでもいいから彼女の力になってやりたかった。その為ならば身体を好きにされたって……。

（いや、いやいやいや、でも、そういうことはその……やっぱり恋人同士がすることであって、ストレス解消とかでしちゃいけないよね）

求められれば多分受け入れてしまう気がするが……。

（となると、他の手段でなにかお姫様の為になれれば……）

何か少しでも仕事の辛さとかを忘れさせてやりたい。けれど、その為にはどうすべきか？

掃除をしながらう～んと愛は考える。

誰かの為に何かを考える。自分以外の者の為に——愛にとって、両親を亡くして以来の感情だった。ただ、そのことに愛自身、気付いてはいない。

＊

「あの、ミストさんにお願いがあるんですけどいいですか？」

「私に？　なんですか？」

仕事の合間、愛はミストに頭を下げた。

「その……ミストさんってお料理とかできるんですよね？」

前にレインからミストはなんでもできるという話を聞いたことがあった。自分付きの侍女を自慢する王女の話によると、裁縫や料理などの家事全般は当然、その上武芸までかなりの腕前とのことである。

そのことを思い出しての言葉だった。

「はい、できますが、それが何か？」

「えっと、その……あたしに料理……というか、えっと、お姫様が好きなおやつの作り方とか……教えていただけませんか？」

「姫様が好きなおやつですか？　どうして？」

「それはその……作ってあげたいと思ったからです」

自分が作った美味しいものを食べてもらう——考えた末に愛が導き出した答えだった。

美味しいものを食べる。人間にとってそれ以上の幸せはない。だから、沢山レインに食べさせてやろう——というわけだ。

「なるほど。そういうことでしたら……。ただ、私も愛さんも仕事がある身ですからね。それほど長い時間は取れませんよ」

「分かってます。それでもお願いします」

休憩時間を削ったって構わない。だいたいレインにはそんな時間さえほとんどないのだから……。

「はい。分かりました」

そんな想いが伝わったのだろうか？　ミストはニッコリと笑みを浮かべてくれた。

それから毎日、愛はミストと共にレインの好物だというケーキ作りの練習に精を出すのだった。

正直料理は苦手なので、何度も何度も失敗しながら……。

＊

「最近、ミストと何をしているのですか？」

レインが声をかけてきたのは、練習を始めて数日後の夜のことだった。因みに今日までの間、レインと夜の練習は行っていない。就寝前の会話もほとんどなかった。だから少しだけれど愛は驚きつつ――

「な、なんのこと？」

と誤魔化してみせた。

おやつ作りはできる限り内緒にしておきたかったからである。サプライズの方が喜びは大きいはずだ。

「誤魔化しても無駄です。休憩時間、貴女とミストが話しながら一緒に歩いているのを見ましたからね」

「……偶《たま》にはそういうこともあるでしょ」

「偶には？　確かに、一度だけならばそういうこともあるでしょう。しかし、ここ数日貴女達は毎日そうしています。これは以前にはなかったことです」

宝石みたいな瞳でジッと愛を見つめながら、レインは言葉を重ねてきた。確かに彼女の言葉通りである。ただ……。

「よ、よく見てるね」

困りながらそう言葉を返すと、レインは何故かピシッと固まった。かと思うと、ツイッとこちらから視線を逸らす。

「別に見ていたわけではありません。それこそ偶然です。偶然目に入ったんです」

なんというか、言い訳のようにも聞こえる言葉だった。本当は別に理由があるのだろうか？　ちょっと問いかけたくなってしまう。

「そんなことより、私の質問に答えなさい！」

しかし、尋ねている暇はなかった。王女が更に問いを重ねてくる。

「だからその……別になにもないって」

首を左右に振った。まだ満足のいくおやつは作れていない。できれば隠しておきたい。

「主人に対して嘘など許しませんよ」

「だから嘘なんかついてないって」

「むうううっ」

レインは愛の言葉を全然信じてくれない。実際嘘なのだから仕方ないが……。

王女は不機嫌そうにプクッと頬を膨らませた。無表情な王女とは思えない姿である。もの凄くレアな光景だった。小動物みたいでなんだかちょっと可愛い。思わず愛はニヘラッと口元を緩めて笑った。

「何がおかしいのですか？」

それが更に王女を不機嫌にしてしまう。

「ホントなんでもないからさぁ」

「……思った以上に強情ですね。では、分かりました。こういう時は――」

そう言うとレインは愛の身体を、いきなりベッドに押し倒してきた。

「へ？」

「身体に聞かせてもらいます」

ニヤッとレインは口元に笑みを浮かべた。

＊

「ちょ、ちょっと……これはその……流石に恥ずかしいと言うか……」

顔を真っ赤にしながらレインに告げる。それも無理はない。愛の服は下着ごと王女によってすべて引き剥がされてしまっていたからだ。生まれたままの姿でベッドに仰向けに寝かされるという状況である。しかも、両手はタオルのような物でいわゆるベッドのヘッドボード部分に縛りつけられていた。両手を上げ、身動きが取れない状態で乳房や秘部を晒す。正直かなり恥ずかしい。

「恥ずかしいですか？　でしたら、話しなさい。ミストと何をしているのですか？」

「なにをって……だからその……なにもしてない」

納得いくものが作れるまで隠し通す――とは決めたものの、あまり嘘というものに慣れていない愛は動揺してしまう。当然信じてなどもらえない。

「この状況でもまだそのようなことを言いますか。主人に従わないとは……。そういう奴

隷にはお仕置きをしなければなりませんね」

「お、お仕置き？　えっと……その……痛いのはイヤだよ」

「……貴女を傷つけるような真似はしません！」

「へ？　ああ……それなら……。でも、何をする気？」

「……すぐに分かります」

そう言うとレインはニヤッと笑みを浮かべ、仰向けになった愛の両脚を両手で左右に開いてきた。

「ちょっ！　まっ!!」

裸で足を開く。当然秘部が丸見えになってしまう体勢だ。ただでさえ感じていた羞恥が、より大きく膨れ上がっていく。

「無理！　無理無理無理無理！　流石にこれは無理だってぇえ！」

「正直に話さない貴女が悪いんですよ」

一見すると普段と変わらない顔だ。しかし、よく見るとどこかサディスティックな感情を含んだ表情を浮かべつつ、レインは愛の秘部へ顔を寄せてきた。

「な……ま、まさかっ!?」

王女が何をしようとしているのかに気がつく。慌てて「だ、駄目ぇええ」と悲鳴を上げたが、レインは止まってなどくれなかった。

「んっちゅ」

僅かに躊躇うような素振りを見せつつも、レインは愛の秘部に口付けしてきた。

「あっ！　んあっ！」

ピリッと痺れるような刺激が走る。反射的に愛は嬌声を上げると共に、肢体をビクンッと震わせた。レインはそうしたこちらの姿を上目遣いで見つめつつ、更に幾度も幾度も「ふっちゅ……ちゅっちゅっ……んちゅうっ」と秘部に口付けしてきた。

「あっひ……んひんっ！　あっ……や……駄目っ！　やだ……こんな……んんっ！　恥ずかしい。これすっごく……恥ずかしいから……駄目……やめて！　お願い……お願いだからぁっ！　んひんっ！　はっひ……くひいっ！」

押しつけられる唇——それに合わせて性感もより強いものに変わる。チュッチュッチュッチュッというキスに合わせて全身をくねらせながら、必死に行為の中断を求めた。

「やめて？　駄目ですよ嘘をついては。本当はもっとして欲しいのでしょう？」

一度レインは唇を離し、そんな言葉を向けてくる。

「ち、ちがっ——」

「いいえ、貴女は求めています。その証拠に……貴女のここ、もう凄く濡れていますよ。ほら、聞こえるでしょう」

指を添え、秘部を撫でてきた。

ぐっじゅ……。にゅじゅううっ……。

「あっひ！　ひぁあああっ！」

淫靡な水音が響き渡る。花弁が女蜜《みつ》で濡れている証拠だった。

「ほら、ビショビショです。これ、私に舐められて気持ちよくなっているって証拠ですよね？　もっとして欲しいってそう身体で言っているんですよね？」

「そんなことは……」

ない——と答えるべき場面である。

しかし、最後まで口にすることはできなかった。

（もっと気持ちよく）

レインに愛撫され、達した記憶が蘇ってくる。刻まれた快感を想起するだけで、トロリッとこれまで以上に多量に愛液を分泌させてしまう自分がいた。

こういう行為はいけないこと。だから美味しいもので解消してもらいたい——そう思ってのおやつ作りだったというのに、身体はレインを求めてしまっている。自然と愛は腰を左右にくねらせた。まるでもっと快感を刻んでくれと訴えるように……。

「貴女の期待に応えてあげます」

レインは再び秘部に唇を寄せてきた。またしても「んっちゅ」と口付けしてくる。が、今回はそれだけで終わりではなかった。

「こういうのも気持ちいいんですよね？」

一体どこで勉強したのだろうか？　唇を押しつけてくるだけではなく、舌まで伸ばしてきた。

「んっちゅろ……れちゅろっ！　んれっろ……れろっれろっ……んれろぉ」

　多少動きにぎこちなさはあるものの、伸ばした舌で花弁を舐め回してくる。ねっとりと舌先をくねらせ、襞の一枚一枚をなぞるように刺激してきた。

「あっは……んんんっ！　やっ！　それ凄いっ！　んひんっ！　あひいいっ！　感じ……あっあっあっ……こんなの……感じすぎちゃうぅぅ！」

　指で弄られた時よりも強い刺激が走る。下半身が蕩けてしまいそうなくらいの愉悦だった。我慢できず歓喜の悲鳴を響かせる。

「無理！　これ我慢無理っ！　無理だから！　だから……あはぁあ……やめて！　お願い！　こんなの……恥ずかしすぎるからぁっ！」

　当然のように絶頂感まで膨れ上がってきた。意思だけで抑え込めるようなレベルではない。身を任せたくなるような強烈な快楽の奔流だった。しかし、そんな愉悦になんとか抗おうとする。秘部を舐められて達するなど、あまりに恥ずかしすぎる気がしたからだ。

「やめて？　でしたら話す気になりましたか？　ミストと何をしているのですか？」

「そ……れは……」

　一度言葉に詰まる。

「話せばやめてあげますよ」

「はな……せば……」

　この羞恥から逃れることができる。

（でもそれをすると……）

サプライズで驚くレインの顔を見ることはできなくなってしまう。

（それは……いや）

普段は無表情なレインが、いきなり用意されたおやつにどんな顔をするのか？　どうしてもそれが見たかった。

「だから……なん……でもない。本当に……何も……してないっ！」

想いは羞恥に勝る。

「むううっ。本当に頑固ですね。ここまでされてもまだ……。分かりました。そこまで私に隠し事をするのであれば容赦はしません。いきますよ」

プクッと再びレインは頬を膨らませた。その上でまたしても秘部に唇を寄せてきたかと思うと、舌を伸ばしてンレロッとこれまでの愛撫によって勃起した陰核を躊躇なく舐めてきた。

「くっひ！　あっ！　そこっ！　そこはぁああっ！」

より強い快感が全身を駆け抜けていく。腰がはね上がるように浮いた。

「このままイカせてあげます。たっぷり……貴女の恥ずかしい姿を見せなさい。んっちゅろ……れちゅろっ……れろっれろっれろっ……んっちゅ……ちゅるる……んじゅるるぅ」

追い打ちをかけるように舌をくねらせ、転がすように陰核を刺激してくる。かと思うとハムッと唇で挟み込み、ジュルルルルッと下品な音色が響いてしまうことも厭《いと》わず敏感部を啜ってきた。

「あっ！　い……いいっ！　それいいっ！」

身体中が溶けてしまいそうなくらいの快感が走った。

「い……イクッ！　こんなの……あたし……あたしぃいいっ！」

津波のように絶頂感が押し寄せてくる。

「んっちゅ……ふっちゅうう……いいれすよ……ほら、イッて。わらひに……貴女がイク姿を見せなひゃい……んっちゅるる……ふちゅううっ！」

陰核を啜ってくるだけではない。膣口に舌先を挿入し、蜜壺の浅い部分を掻き混ぜるように刺激まで加えてくる。抗えるようなレベルの肉悦ではなかった。

「駄目……い……イクっ！　あああ……あたし……もうっ……もぉおおっ！」

視界に愉悦の火花が飛び散った。

「やっ！　あっあっ——はぁああああ！」

ギュッと縛られた両手を握り締める。両脚の指で強くベッドシーツを挟み込み、腰を突き出すように浮かせた状態で、レインに翻弄《ほんろう》されるがままに愛は絶頂に至った。

「あっは……んはぁあああ……」

ガクガクと身体中を小刻みに震わせる。肌をピンク色に染めながら、甘ったるい匂いのする汗で全身を濡らした。

「はぁっはぁっ……あはぁあああ……」

意識が飛びそうなくらいの虚脱感に身体中が包み込まれる。

「んふふ……気持ちよかったですか？」

秘部から唇を離し、レインがこちらを見つめてきた。唇周りを愛液でグショグショにした状態で……。

「う……うん……凄くよかったぁ」

王女のそうした姿に堪らないほどの淫猥さを感じながら、快感を否定することなく認める愛だった。

「そう、それはよかった。でも……はぁ……はぁ……奴隷である貴女一人が快感を味わうというのは少し気に入りません。ですから……」

そんな愛に対してレインはそのような言葉を向けて来たかと思うと、一度立ち上がり、身に着けていたドレスと、レース製の白い下着を脱ぎ捨てた。愛の前に生まれたままの姿を晒してくる。その上で、顔を真っ赤にしつつも愛の顔を跨《また》いできた。

「まだ私に隠し事をするつもりならば、私のことも感じさせせなさい」

ただ跨ぐだけではない。しゃがみ込んできた。鼻息が届くほど近距離に、クパッと左右に開いたレインの秘部が寄ってくる。穢れなんかない。純潔にしか見えない少女の花弁。初めてマジマジとそれを見つめる。視界に捉えているだけで、ドキドキとこれまで以上に心臓が高鳴るのを感じた。覗き見えるピンク色のヒダヒダは、愛液でグッショリと濡れている。呼吸するように一枚一枚が蠢いている。気持ちよくして欲しい。感じさせて欲しい

――そう愛に対して訴えているようにも見えた。花弁から溢れ出す発情臭。嗅いでいるだけで頭がクラクラしてきてしまう。レインの〝女〟を感じた。

(あたしで……こんなにするくらい興奮してるんだ)

自然と喜びにも似た感情が膨れ上がってくる。そうした想いに愛は抗わない。抗えない。まるで吸い寄せられるように自分から目の前の秘部に唇を寄せると、先程レインがそうしてくれたように「んちゅっ」と肉花弁に口付けした。

「あはっ」

甘ったるい嬌声をレインが漏らす。ビクンッと腰がはねるように震えた。同時により多量の愛液がジュワッと溢れ出し、唇を濡らしてくる。

「んっふ……んっちゅ……ちゅっちゅっ……んちゅうっ……。んっれろ……れろっれろっ……んちゅれろぉっ」

レインの汁――舌を伸ばしてそれを舐め取っていく。グチュグチュという淫靡な音色を奏でながら、丁寧に丁寧に、王女の肉花弁を舐め回していった。

「ああっ！　凄い。こんな……んふうう……こんなにも……ここを舐められるというのは……んんんっ……気持ちがいいことなのですね……あっあっあっ」

(レインの味……なんか甘い。フルーツみたい。あたしこれ……好きかも。それにこのレインの声……凄くエッチ。もっと……もっと聞きたくなる)

耳に届く喘ぎ声。聞いているだけでゾクゾクとしてしまう。先程達したばかりだというのに身体が昂っていくのを感じながら、より淫らにレインの秘部に愛撫を加えた。

（イかせたい。レインにも……あたしみたいに……気持ちよくなって……もらいたい）

「んっちゅる……ちゅるるるるぅ」

愛はこれまで自慰さえもしたことがない。同じ女の身体とはいえ、どこをどう弄れば感じるのか？　そんなことはまるで知らなかった。それでも迷うことなく舌をくねらせる。本能のまま、王女にも気持ちよくなって欲しいという想いのまま、ただひたすら秘部を舐めて舐めて舐めて舐め続けた。

「んあああっ！　凄い……凄いです。簡単に……あっは……んはぁああ……私……少し舐められただけで……もう……すぐ……い……イクっ！　イッてしまいます」

「い、いいよ。イッてレイン……。レインもっ！　んじゅっ！　ちゅずぅううっ！」

これまで以上に強く秘部を啜る。レインにも自分と同じ快感を刻み込もうとする。

「あああ……愛っ！　愛っ！」

レインはそんな愛撫に悶えつつ、上半身を倒した。再び愛の秘部に顔を寄せてくる。そしてそのまま「んっちゅ……んちゅううっ」再び先程達したばかりの花弁に唇を押しつけてきた。

「あはっ！　んはぁあああっ！」

またしても快感が愛の身体を襲ってくる。秘部に口付けされただけで、あっさりと達してしまいそうなくらいの快感を覚え、肢体を激しく打ち震わせた。

ただ、それでも、レインに対する愛撫を中断したりはしない。愉悦に身を震わせつつも、王女の花弁を舐め続ける。

「んっちゅ……ふちゅっ……むちゅううっ」

「んっは……あふあっ……あっあっ……んっふ……くちゅううっ」

互いの秘部に顔を埋め、愛とレインは舌を蠢かし続けた。そして——

「愛……イクっ！　私……イキますっ！」

「レイン……あたしも……あたしも……またぁあああっ！」

二人は同時に絶頂に至るのだった。

「あっあっ——んぁあああ！」

「凄い！　凄いです……気持ちいいですぅううっ！」

室内に歓喜の悲鳴が響き渡る。

＊

「あっは……はぁああ……あ、愛……話す気に……なりましたか？」

ぐったりとしている愛に、同じくぐったりとしたレインが尋ねてきた。

「あ……あたしは何も隠してない……」

「……そうですか。でしたらまた、明日……じ、尋問させてもらいますね」

「え、それって……」

つまり明日も今日と同じことを……。

そんなことを想像してしまう。

するとそれだけで、キュンッと下腹部が疼いてしまう愛なのだった。

＊

レインは言葉通り、以後、毎晩のように愛を抱いてきた。ミストと何をしているのかと問いながら……。

それに対し愛はやはり何も答えず、ただただ、刻まれる愛撫に悶えるのだった。

そんな夜を送りつつ、昼間は仕事とおやつ作りの練習をし続けた。寝不足のせいで何度も欠伸をしながらも……。それでも、レインの笑顔を想像して……。

そのお陰だろうか？　ミストに教えを請うてから一週間――

「うん、合格です」

ようやく作りあげたケーキに合格点をもらうことができた。

「ホントですか⁉」

「嘘なんかつきません。これなら間違いなく姫様も美味しいって喜んでくれるはずです」

「……そっか……やったっ！」

レインが笑ってくれる。きっと喜んでくれる――そう思うと、なんだかそれだけで笑えてしまう自分がいた。

「ただ、問題はいつあげるか……か」

流石に夜というのは不味いだろう。

「それなら、私に任せて下さい。姫様に時間を作ってみせます」

「いいんですかミストさん？」

「はい。私も姫様の喜ぶ顔が見たいですからね。任せて下さい」

「それじゃあ、お願いします」

＊

翌日、昼過ぎの三時——おやつの時間だ。

愛は昼休みの内に作っておいたケーキを手に取り、王女と自分の寝室に走っていた。この時間にミストがレインを連れてきてくれる予定になっていたからだ。

（今日のも結構自信作……これなら……）

きっと喜んでもらえるはず……。

「お姫様……お待たせしましたっ！」

最高の笑顔でバンッと愛は寝室のドアを開けた。

そして——

「——え？」

愛は硬直し、ケーキを落とした。

ぐちゃっとケーキが潰れる。けれど、気にする余裕などまるでなかった。

「く……姫様……お逃げを……」

床にミストが倒れていたからだ。

「馬鹿を言わないで下さい。ミスト……貴女を置いて逃げられるはずないでしょう！」

そして、レインがそのミストを庇《かば》うような体勢を取っている。

そんな二人の正面には――

「レイン＝ファル＝アスタローテ……この国の為に死んでいただく」

ナイフを構えた一人の男が立っていた。

（どういうこと？　なんで？　これ……何？）

この世界に転移してきてしまった時以上に、なんだか現実感がない光景だった。自分は夢でも見ているのではないか？　そんなことさえ考えてしまう。

だが、これは間違いなく現実だった。

「はぁぁああぁあっ！」

男が走り出す。レインとの距離を詰める。刃を振り上げながら――。

見ていられなかった。

傷ついてしまう。このままではレインが……。

脳裏にいなくなってしまった父と母の姿が思い浮かんだ。あの時の悲しみが蘇ってくる。

あんな想い、二度としたくはなかった。

だからだろうか？

「だ、駄目ぇええぇえっ！」

愛は声を上げ、走り出した。

第五章　好きだから

「――ッ!!」

愛はレインの前に立った。男から彼女を庇うように……。

向けられる刃。鋭い切っ先が自分に向かってくるのが見える。

（あれ……鋭すぎ……。これ……死ぬかな……）

室内の明かりを反射して刀身が煌《きら》めく。避けることなどできそうにない。まるで他人事《ひとごと》みたいに、愛は自分の死を覚悟した。

「駄目ですっ!!」

だが、その刹那《せつな》、愛はドンッと背後から突き飛ばされた。

「えっ!?」

バランスを崩し、愛は倒れる。

突き飛ばしてきたのは――

「れ、レインッ!?」

自分が守ろうとしたはずの王女だった。

王女と刺客が相対する形となる。そして、ズンッと彼女の脇腹に、刺客の刃が深々と突き刺さった。ジワッとドレスに血が滲《にじ》む。

「い……いやぁあああああっ!!」

瞳孔が開きそうなほどに愛は瞳を見開き、絶叫する。レインはそんな愛の目の前で、ドサッと倒れ伏した。

「ふううっ！」

刺客は大きく息を吐く。

「まだだ――確実に殺すっ!! アスタローテの為にっ!!」

しかし、彼の行動はそこで終わりではなかった。吐いた息も一息つく為のものではない。刺客は瞳に殺意の色を浮かべると、倒れたレインに対して再び刃を振り上げた。

「さ、させないんだからぁああっ！」

見ていられない。これ以上レインを傷つけさせたくなどない。愛は近くに落ちていた箒を拾う。本来ならば王女の部屋に落ちていることなどあり得ない代物だ。しかし、毎日のように掃除を命じられるので、片付けるのが面倒になって愛が床に転がしておいたのである。

「わぁああああっ！」

手に取った箒を振り上げ、殴りかかった。

「ぐううっ！」

これは刺客にとっても予想外の動きとなる。振り下ろした箒の一撃が刺客の腕に当たり、ナイフがカランッと落ちた。

「チッ！」

舌打ちしつつ、刺客は飛び下がる。

「このぉおおおっ！」

逃がすつもりはない――愛は箒を振り上げた。

「邪魔な女め……。仕方あるまい」

そんな愛に対し、男は右手を突き出してきた。

（え？　なに？）

一瞬男の行動の意味が分からず、首を傾げる。

「いけない！　愛さん……魔法ですっ!!」

床に蹲《うずくま》るミストが叫んだ。

「魔法ってそんな……」

ファンタジー小説じゃあるまいし――と言い返そうとして思い出す。ここが異世界だったということを……。

突き出された男の右腕が光を放った。同時に掌にサッカーボールくらいの大きさをした火の玉が浮かび上がる。初めて見る魔法。その光景はなんだか幻想的なものにも見えた。だが、見惚れている暇などない。火球が出現したというだけで、凄まじい熱が室内に広がった。火傷《やけど》しそうなほどの熱さを肌に感じる。

（や……やばいっ！）

血の気が引いていく。

「この国を守る為だ。すまんが……死んでくれっ！」

男が声を上げる。それと同時に作りあげられた火球が、愛に向かって飛んできた。直撃すれば間違いなく死ぬことになる。それは確実だろう。魔法を初めて見る愛でも、確信を持つことができた。避けなければならない。だが、避ければ――

（レインっ）

足下にはレインが倒れたままだ。ここで自分が避ければレインがあの魔法の被害を受けることとなる。

（いやよ。誰かが死ぬなんて……絶対イヤっ！）

ギュッと愛は箒を強く握り締めた。それを振り上げる。

「こ、こんなものぉおおおっ！」

そして、向かい来る火球に向かって振り下ろした。箒と火球が触れ合う。

カアアアアッ！

瞬間、凄まじい輝きが室内中に広がり――

「な……ば……馬鹿な……」

男が立ち尽くす。

「……嘘」

驚いているのは男だけではない。ミストも瞳を見開く。

そしてそれは、愛も同様だった。

「あれ？　消えた？」

箒を振り下ろした体勢のまま、呆然と呟く。

その呟き通り、男が放った火球は室内にも愛達にもなんの被害も及ぼすことなく、完全に消え失せていた。

全員がただただ呆然とする。

その刹那「曲者がぁああっ！」室内にバスターを始めとした兵士達が飛び込んできた。魔法的なもので城内の異変を察知してきたのだろう。その人数は十数人はいる。

「チッ」

刺客は舌打ちすると、割れた窓際へと走った。どうやらあそこから侵入してきたらしい。また逃げるつもりなのだろう。

「無駄だ！」

だが、窓の外、つまりバルコニーにも兵士達の姿はあった。完全に男は囲まれる。

「そこまでだ。諦めて縛につけ」

バスターが槍の穂先を向けた。

「ここまでだな」

諦めたように男は肩を竦《すく》める。

「だが……ことは成就した。既にレイン＝ファル＝アスタローテはいない。これで……我が国は救われた。故に――悔いはないっ！」

男は叫ぶ。

それと共に男は奥歯でカリッと何かを噛んだ。瞬間、男の口端からツツッと血が流れる。

そのまま彼はその場に倒れ伏し、動かなくなった。

「毒かっ！」

口惜《くや》しそうにバスターが呟く。

そうした光景をまるで他人事みたいに、愛はただ呆然と見つめた。だが、すぐに正気に戻ると、慌てて床に倒れたレインを抱き起こした。

「レインっ！　レインっ!!」

レインは目を閉じている。何度も声を投げかけた。けれど、返事はない。

「嘘でしょ……レイン……」

動かないレイン。つまり、父や母と同じように……。

「いや……イヤよ。そんなの絶対……イヤよぉおっ……」

自然と涙が溢れ出した。ポロポロと流れ落ちていく。

その涙を――

「泣くの……では……ありません……。私は大丈夫……ですから……」

目を開けたレインが手で拭ってくれた。

「レイン？　レインっ!!」

「そんなに大声を出す必要はありませんよ。聞こえていますから」

多少苦しそうではある。だが、レインはニッコリと笑ってくれた。

「うっく……くううううっ……」

生きている。レインが生きている。

自然と流れ落ちる涙の量が増した。

「この程度で……泣くのではありませんよ」

弱々しいけれどレインは笑う。

「何言ってんのよ！　この程度で済む話じゃないでしょ！　あんた……刺されたのよ！　って、そうだ、刺されてるんだ。医者……お医者さんに見せなくちゃ！　誰か！　ミストさんっ！　早くお医者さんを！」

「大丈夫ですよ」

愛は焦る。けれど、レインはそんな愛を止めてきた。

「何がよ！　こんなに血が出てるのよ！」

血が滲むドレスを見る。

「だから……大丈夫です。もう、傷は塞《ふさ》がっていますから」

「――え？」

思わず血が滲んでいる箇所を見た。かなりの量だ。これだけの血が出ているのに傷が塞がっているとかあり得ない。

「馬鹿なじょうだ――」

「冗談ではありません。本当に傷は塞がっています。即死でもしない限り、私が死ぬことはないんですよ。ほら、よく見て下さい」

そう言うとレインは、ドレスのナイフが刺さったことにより穴が空いた部分を左右に引っ張り広げて見せてきた。肌が覗き見える。血で染まった肌が……。真っ赤で痛々しい。しかし、確かにレインが言う通り、傷はなかった。

「どういう……こと？」

「……アスタローテ王族には……守護の魔法がかけられているのですよ」

王族に害意がある攻撃や毒から身を守る魔法――絶対守護。たとえ傷ついても即死さえしない限り再生だってするという。王族は寿命が尽きたり重病にでもかからない限り死なない――そうレインは教えてくれた。

「ですから……私は大丈夫です」

レインは微笑する。

美しい笑みと、大丈夫という言葉が愛の胸に染み込んでくる。

大丈夫。大丈夫。死んだりなんかしない。父や母のようにいなくなるなんてことはない。

「れ……レイン……よかった……よかったぁあああ」

ギュッと愛はレインを抱き締めて、ワンワンと涙を流した。

「だからこの程度で泣くなと言っているではないですか」

王女は苦笑する。苦笑しつつ、愛を抱き返し、優しく頭を撫でてくれた。

「でも……どうしてよ？」

そうしてしばらく泣き続け、ようやく落ち着いた後、愛は改めてレインに尋ねた。

「どうして？　何がですか？」

「なんでレイン……あたしなんかを庇ったのよ」

「なんでって……それは……私は守護の魔法で……」

「それは嘘よ。だって、刺さり所が悪かったら幾ら魔法があるとしても、死んでたかも知れないのよ。それなのになんで？　あたしは……その……奴隷でしょ？　だけどレインはお姫様……。お姫様がやることじゃないわよ」

真っ直ぐレインを見つめて問いかけを重ねる。

「それは……その……」

一瞬、レインは何かを迷うような表情を浮かべた。だが、すぐにレインは心を決めたようにどこか安らかに微笑むと――

「貴女に死んで欲しくなかったからです」

などと伝えてきた。

「……あたしは……ただの奴隷よ」

死んで欲しくなかった――レインの言葉は嬉しい。凄く嬉しい。けれど、優先順位が違うと思った。

愛は異世界人であり、この世界の正式なルールというか文化はまだ完全に把握できていない。それでも、王族という存在が大事だということはよく分かっていた。どこから来た馬の骨とも分からない自分よりも、遥かにレインの方が大切な存在だ。それはレイン自身だって分かっているはずである。

「そうですね。貴女は奴隷です。そして私はこの国の王女。それは当然分かっていますよ。でも、だけど……自分を抑えられなかった。貴女を守りたかった」

「……なんでそこまで？」

「簡単なことですよ」

一度そう前置きをすると、レインは愛の頬に両手を添え――

「んんっ」

「んっ」

チュッと周りに兵士達がいることも気にすることなく、愛にキスをしてきた。

「――え？」

温かな唇の感触。心地よい柔らかさ……。

わけが分からずポカンとしてしまう。

そんな愛に対してレインは――

「貴女のことが好きだからです」

隠すことなく気持ちを伝えてくるのだった。

第六章　お姫様の気持ち

私は王女。この国の、アスタローテの王女。

私という存在はすべて、この国の、民の為のものです。民が幸せにさえ暮らすことができれば、自分自身のことなんかどうでもいいのです。

病気で死んでしまったお母様にそう教わりました。お母様の教え、それは私にとって絶対です。だからこそ私は民の為の政務を省みないお父様に変わり、王族として生まれた者の義務として民の為に必死に働いてきました。

でも、私は時々思ってしまっていたのです。自由になりたい。私だって自分の心のままに生きてみたい――と。

どれだけ働いても私が感謝されることはありません。民の為にどれだけ法を作り、予算を下ろしても、その大半が貴族達に利用され、搾取されてしまうのですから……。民が城に向けるもののほとんどは憎悪ばかり。一体なんの為に私は働いているのか、それが分からなくなる時も沢山ありました。

それでも私は王族です。民のように明日も分からぬ身分ではありません。搾取する者です。奪う者です。だからこそ、民の為に働かなければならないのです。

逃げ出したい。そんな想いを心の何処かに抱きつつも、私は働きました。ただひたすら、民のことを思って……。

そんな私の前にあの子が——愛が現れました。

異世界から来たという少女。いえ、少女というのは少しオカシイですね。年齢を聞いてみましたが、どうやら私より一つ年上とのことですから……。

異世界——正直ピンと来ない話でした。偽りを言っているものだと思いました。でも、彼女が証拠として私に見せてきた品物は、信じるに足るものでした。この世界には沢山の魔法があります。魔法の力で様々なものだって生み出すことができる。けれど、彼女が見せてきた〝すまほ〟とやらは、魔法を用いたとしても創り出すことが叶わぬものでした。王族として様々な魔法や物品を見てきた私にはそれがすぐに理解できたのです。

だからこそ、私は愛をなんとか助けてやらなければと思いました。家族もいなければ文化さえも知らない世界で一人で生きていく——考えるまでもなくそれが辛いことだと理解できたからです。

一人、世界にたった一人——それは本当に辛いことです。私はそれを知っていました。

確かに私の周りにはミストを始めとして私を慕ってくれている家臣達は沢山います。でも、ミスト達だって私の本当の心は知らない。いえ、ミスト達にだからこそ、逃げ出したいという思いを教えるわけにはいかなかったのです。上に立つ者は常に強き者でなければならない。それがお母様の教えでしたから……。

故に私は一人だったのです。

孤独な愛を救いたい。その為には何をすべきか？　考えた私は取り敢えず彼女を客人として遇することを考えました。王城にいれば行き倒れることはありません。それに、異世界に転移する為の魔法の情報だって得られる可能性が高い――と考えたからです。

そう、それが私の当初の考えでした。

でも、私は彼女を客人ではなく奴隷待遇にしました。

「なんていうかその……王女様が……えっと……なんかむ……無理してるように見えて」

愛が私に向けてきたその言葉が理由です。

まるで私の心を読んだかのような言葉だったから……。

ナイフのように私に突き刺さりました。ひたすら隠してきた本心を、あっさりと看破するかのような、心を抉《えぐ》ってくるかのような言葉でした。

そのことに私はどうしようもないほどの苛立ちを覚えました。貴女に私の何が分かるのだと――怒鳴り声を上げたくもなってしまいました。実際、私は家臣達の前で愛に対して怒りを露わにしてしまいました。

そのせいで、愛に罰を与えなければならないことになってしまい、私は彼女を奴隷にすることに決めたのです。

ただ、私は奴隷制度というものに疑問を抱いていましたから、奴隷とは言っても彼女を道具のように扱うつもりはありませんでした。身分こそ奴隷ではありますが、当初考えていた通り客人として扱うつもりでした。

寝る時だって私のベッドでと考えていました。愛は奴隷で私は王女、身分の違いというものはあります。でも、愛は我が国の民ではない。可能性の話ですが、故郷では貴族ということだってあり得ます。無下《むげ》には扱えません。だから共に寝ても構わないと思っていました。朝、私を起こすのはミスト。ミストにさえ黙っていてもらえれば、問題はないはず――というのが私の考えだったのです。

でも、できなかった。

愛が私を苛立たせたから……。

私の部屋でも愛は私を心配してきました。私に対して「大丈夫？」なんて言葉を。弱音など私は一切口にしていません。顔にも感情は出していない。人の上に立つ者として、為政者として、他者に思考を読まれるということは避けるべきこと。幼い頃からそう教わってきた私は、感情を隠すということが得意でした。だというのに、愛はずかずかと私の心の中に這入《はい》り込んでくる。本当に苛立ちました。

だから、私は感情を抑えられなくなってしまった。貴女に私の何が分かるのだ――と。

そんなつもりはなかったのに、結局愛を床で眠らせることに……。

そして、翌日からも、私は愛に使用人を扱うかのように命令をすることになったのです。だって、だって仕方がないではありませんか。愛が何度も私に同じように心配を向けてくるのですもの。

一度不快な態度を見せればそれで分かるはずでしょう？　なのに愛は全然理解せず、ことあるごとに「大丈夫？」とか「無理してるんじゃない？」とか……。しかも、毎度本当に私が辛いと思ったタイミングを見計らったようにですよ。長年かけて私が心にかけた鍵をこじ開けるみたいに……。

私は王女です。この国において私より身分が上の人間などお父様の他にはいません。私に対して無神経に口を利く人間など誰一人としていないのです。なのに、幾ら異世界の人間でこちらの文化が分からないからとはいえ、何度も何度も――あり得ません。

耐え難いほどの苛立ちを私は気がつけば愛に対して抱くようになっていました。

それなのに、彼女をミストや他の誰かに任せてしまおう、自分から遠ざけてしまおう――とは思うことができませんでした。

愛の言葉に私は苛立ちだけではなく、なんだか安心するような気持ちも覚えてしまっていたからです。理由は自分でも分かりません。

分からないけど、私は愛を遠ざけることができなかった。

でも、ずっと一緒にいてもイライラさせられることばかり……。

そこで私は考えました。愛のことを知ることができれば、この苛立ちを解消させることができるのかも知れない――と。

私は愛に無理矢理仕事を奪われてしまったことを機に、彼女と夜、会話を交わすこととしました。

異世界のこと、愛のこと、色々なことを話してもらいました。

ただ、愛が話す異世界の文化面などの話は、正直あまり理解ができないものでした。それは多分、愛自身もよく自分の世界について分かっていなかったからだと思います。もっと勉強して下さいね。

あ、でも、しっかり理解できる話もありました。愛の故郷で暮らす人々のことです。くだらない笑い話や、友人との喧嘩の話、異世界での遊びの数々――世界は違っても人は同じなんだと、そんな風に思うことができました。

聞いていて楽しい話の数々――気がつけば私は愛との会話を楽しみにするようにさえなっていました。

愛の話を毎晩毎晩、物語をせがむ子供みたいにねだりました。

お陰で私は愛と出会ってから数日しか経っていないというのに、昔からずっと一緒にいるかのような親しみさえ感じるようになったのです。

でも、そんなある晩、愛が――

「やっぱりあれ？　盛大にパレードとかしちゃうわけ？　国民が総出で祝ってくれるみたいな。お花のシャワーが街中に……やっぱ、それやっぱ！　結構憧れちゃうかも！」

無邪気な笑顔で私の結婚についてそのような言葉を向けてきました。

それが私にはとてもショックでした。

私の結婚は政略結婚です。それも我が国の民の為にはならない結婚です。

お父様や貴族達が自身の権力を反王政一派から守る為だけに、唯一の王族である私を他国に嫁がせるというもの。国が乗っ取られてしまっても仕方がない最悪の婚姻です。

なのに、愛は言葉通り憧れの表情で笑った。

普段は鋭くずかずかと私の心に入ってくるくせに、なんでこんな時だけ……。

私はそれまでとは比較にならないほどの苛立ちを愛に対して感じました。だから思ったのです。罰を与えてやりたいと……。

その時、私の脳裏に愛が読んでくれた異世界の小説のワンシーンが蘇ってきました。

女性が女性にキスをし、女性同士が身体を重ねるというシーンが……。

浮かび上がってきた小説の一場面に後押しされるみたいに、私は気がつけば愛を押し倒してキスさえもしそうになっていました。

ですが、キスはすんでのところで止めました。口付けとは大切なものです。私には叶わぬ願いですが、愛には本当に好きだと思った人間に口付けして欲しいと思いました。だからキスだけは思いとどまったのです。それでも、罰を与えたいという思いは変わらず、私は苛立ちをぶつけるように愛と身体を重ねました。

結婚後の為の実技演習だと愛にも、自分にも言い訳をしながら……。

したのは私です。私が愛を襲ったのです。本当に身勝手ですね。行為の後、冷静さを取り戻した私はその事実に気付き、酷く申し訳ない気分になってしまいました。当たり前です。身体を重ねるということはある意味キスよりも大事なことなのですから……。でも、私は正面から愛にその気持ちを伝えることはできませんでした。

私にできたことは愛が眠った後、一言だけ「ごめんなさい」ということだけでした。

翌朝、ミストに愛との関係を見られてしまいました。

本当に混乱した瞬間でした。どんな言い訳をしようかと、ひたすら思考を巡らせました。

結果、私は「昨晩、愛に伽を命じました」とだけ答えました。できるだけ淡々と、感情を表に出すことなく。

その答えはミストに向けたものであると同時に、私自身にも向けたものでした。

貴族や王族が家臣に伽を命じるのは当然のこと。ただそれだけのことでしかない——と。

そう思うことで私は自分の心を平穏に保とうとしたのです。

ですが、それは無理でした。

愛を見るたびに私は夜の出来事を思い出すようになってしまっていたのです。

あんなことをしてしまったという羞恥、無理矢理身体を開かせたという罪悪感、そして、謎の胸の高鳴り……。

私は気がつけば愛のことばかりを考えるようになってしまっていました。

そんな動揺に気付かれないよう、私はできる限り愛に顔を見せないようにしました。言葉だって交わさないように……。

結果、私と愛の夜の会話はなくなりました。

でも、愛への意識は消えませんでした。ベッドで横になっていても彼女のことばかり……。そのせいで寝不足にさえなってしまいました。

アスタローテにシュテファンの使者がやってきたのはそんなある日のことです。

名目は婚姻の打ち合わせ。ですが、その真の目的は私の顔を確認するということ……。

最低で最悪な時間でした。人ではなく商品として扱われているような、そんな気分になる時間でした。

初めて出会った婚約者と名乗る男……。

本当に最低な男。こんな男と結婚生活を送る――未来を想像するだけで絶望的な気分になってしまうくらいに……。この私が無意識の内に名前さえ覚えることを拒否してしまうような男でした。

本当に嫌で嫌で仕方がなかった。誰かに助けて欲しかった。気がつけば、私は宴会の席で、愛へと視線を向けてしまっていました。まるで救いを求めるみたいに……。

すると愛はそれに気付き、拳を握り締めたかと思うとずかずかと男に……。

ミストや兵士のバスターのお陰でなんとか大事には至りませんでした。あそこで愛が男を殴ったら、間違いなく国際問題になっていたでしょう。

私は心の底からホッとしました。でも、同時に何故か喜びまで感じてしまっていました。危なかったのに、何故嬉しい？　自分で自分が理解できませんでした。

その夜――愛は私に結婚をやめろと躊躇うことなく伝えてきました。あんな男と結婚しても幸せになんかなれない――と。

言われるまでもありません。痛いほど私はその事実を理解していました。だからこそ、改めての言葉にまたしても腹が立ってしまいました。わかりきっていることなんて今更突きつけられたくはなかったから……。

でも、感じたものは苛立ちだけではありませんでした。愛の言葉にムカムカとしつつも、同時に私を想ってくれていることに喜びだって……。

だからでしょうか？　愛を抱き締めたくなってしまったのです。愛を感じたいと思ってしまったのです。そうした想いに逆らうことができぬまま、私は再び愛を押し倒し、身体を重ねたのでした。

行為の後、私は愛にキスをしようとしました。身体だけでは足りないと思ってしまったのです。でも、唇同士が触れ合いそうになる瞬間――

『ここまでさせるの？』

そんな幻聴が聞こえました。

『まぁ、あたしは奴隷だからね。言われた通りにするけどさ』

本当にそう口にしたわけではありません。勝手に私がそんな想像をしてしまっただけです。でも、私はそれ以上の行為を行うことができなくなってしまいました。

それから数日後のことです。愛がミストと何かを始めました。一体何をしているのか？それは分かりませんでしたが、ミストと共にいる時の愛がとても楽しそうだということだけは理解ができました。

私ではなく、ミストの前で笑う愛の姿――なんだかイライラしました。

一体何をしているのか正直とても気になりました。だから愛に尋ねたのですが、彼女は嘘をつくばかりで私に答えを教えてくれませんでした。

そのことに苛立ちと寂しさを感じました。

主人だからと私は愛を抱きました。そのせいで愛は私に隠し事をするのでしょうか？だとすると自業自得です。それは分かっています。でも、知りたい。なんで愛が笑っていたのかを知りたい——どうしてもそう思ってしまう自分がいたのです。

そうした想いをぶつけるように、私はまたしても愛を抱きました。それも一度だけではありません、以後、毎晩のように……。

愛と身体を重ねると、それだけで私は幸せな気分になれました。心まで満たされるような心地よさを感じることができたのです。でも、満足はできませんでした。

私と愛は恋人同士なんかではない。私は王女で愛は奴隷。私達の行為は本当に伽でしかない。だからこそ愛の為にもやめねばならない——と頭では理解しつつも、抱くたびに、身体を重ねるたびに、もっともっとと思ってしまう自分がいたのです。

そんな自分自身が私は理解できませんでした。

愛と出会う前はこんなこと一切なかったのに、何故？

私はどうしてしまったんだろう？

自分の変化になんだか怖ささえ感じました。もしかしたら愛とは離れた方がいいのかも知れない——とも。でも、私は愛を手放すことはできませんでした。

どうして？　何故？

そんな理解できぬ想いを抱いた私の前に刺客が現れました。

ナイフを構えた男。鋭いナイフの切っ先を私へと――。

私はその光景をまるで他人事のように見ていました。

でも、そんな私の前に愛が立ったのです。

「だ、駄目ぇぇええっ！」

私を庇う愛。その身体に向かってナイフが……。

死ぬ。愛が死ぬ。私の目の前で愛が死んでしまう！

その刹那、私は動いていました。

愛を突き飛ばし、刺客の前に……。

そして――

＊

「なんでレイン……あたしなんかを庇ったのよ」

愛が泣いています。泣きながら私を睨んでいます。間違いなく愛は怒っていました。私を心の底から案じて、怒ってくれていました。

こんな状況だというのに、私はそのことにとても大きな喜びを感じました。

ただ、同時に疑問も抱いていました。本当に、どうして私は愛を庇ったのだろうかという疑問を。私は王女です。私の命は私のものではない。この国の為のものです。それなのに、なんで私は？

「なんでって……それは……私は守護の魔法で……」

守られているか？

「それは嘘よ。だって、刺さり所が悪かったら幾ら魔法があるとしても、死んでたかも知れないのよ。それなのになんで？　あたしは……その……奴隷でしょ？　だけどレインはお姫様……。お姫様がやることじゃないわよ」

確かにその通りです。

では、だとしたら？

「それは……その……」

って、そんな理由、考えるまでもありません。

「貴女に死んで欲しくなかったからです」

そう、愛にはいなくなって欲しくない。

「……あたしは……ただの奴隷よ」

「そうですね。貴女は奴隷です。そして私はこの国の王女。それは当然分かっていますよ。でも、だけど……自分を抑えられなかった。貴女を守りたかった」

どうしてそこまでして私は守りたかったのですか？　なんで？

語りながら自分でも私は考えました。

そして、すぐに答えに辿り着きました。

これまでずっと私が愛に対して抱いていた感情の正体に、ここに来てようやく気付けたのです。

「簡単なことですよ」

そう、本当に簡単なことでした。考えるまでもなかったのです。

ああ、なんて素敵な感情なんでしょう。なんて温かな想いなんでしょう。

心に温かさが広がっていくのを感じながら、私は両手を伸ばすと愛の頬に添え——

「んんっ」

「んっ」

周囲にミストや兵士がいることも気にせず口付けをしました。

「——え？」

少し唇を重ねるだけのキス。チュッと唇を離すと、愛は呆然としたような表情で私を見てきました。

そんな彼女に私は——

「貴女のことが好きだからです」

ようやく気付くことができた想いを隠すことなく口にしました。

「え……そ、それって？」

存外察しが悪い人です。重ねて問いかけてきます。

「愛……貴女を愛しているということです」

もう一度私は想いを伝えました。

その答えに愛は固まります。ただただ、呆然と私を見つめてきました。

そんな姿に正直私は緊張を覚えました。

想いに気付けた。それを伝えることもできた。でも、だからといって受け入れられるとは限りません。いえ、それどころか寧ろ、拒絶される可能性の方が高いでしょう。だって、私はこれまで何度も無理矢理愛を抱いてきたのですから……。しかも、遂に唇まで奪ってしまいました。どうしても愛の唇を感じたかったからです。

何もかもを無理矢理奪った相手、そんな者に好きと言われたってきっと嬉しくなどないでしょう。きっと拒絶される――だから私は緊張してしまったのです。

でも、愛は、そんな私に対し――

「ああ、そっか……そっか……。そうだったんだ」

笑顔を向けてきました。華やかで、見惚れてしまいそうなくらい純粋な笑みを……。

「好き……なるほど……好きか……。あはは、自分で自分の気持ちに気付けないわけだよ」

何かを納得するかのように一人でブツブツと愛は呟きます。

「あ、愛？」

意味が分からず私は首を傾げました。

すると愛はそんな私をジッと見つめてきました。いえ、ただ見てくるだけではありません。そっと顔を寄せてきたかと思うと――

「んっちゅ」

今度は愛の方から私に口付けしてきました。

先程のキスよりも少しだけ長い口付け……。

唇の柔らかさや、ほんのりと温かな感触が伝わってきます。

（ああ……気持ちいい……）

唇を重ね合わせているだけなのに、本当に心地いい時間でした。

やがてそっと唇が離れます。少しだけ私は寂しさを感じ、愛を見つめました。愛もそんな私を見つめてきます。

そして――

「お姫様……ううん……レイン……あたしも……うん。あたしもあんたのこと……好きだよ。大好き」

そう言ってこれまで見た中で最高に可愛らしい笑みを浮かべてくれました。

「愛……愛……」

「レイン」

ポロポロと眦《まなじり》から涙が零《こぼ》れます。

胸に熱いものを感じながら、私達は再びどちらからともなく――

「んっ」

唇を重ねるのでした。

第七章　べたべた生活

「えっと……その……それではね、寝ましょうか……」

刺客襲撃から数時間後、レインと愛はようやく床につこうとしていた。因みに部屋は移動している。流石に誰かが死んでしまった部屋でそのまま過ごすというのは、愛もレインも無理だったからだ。

とはいえ、ベッドの大きさ、豪奢さなどは新しい部屋でもほとんど変わりはない。こんなこともあろうかと、王族には同じ部屋が予備としてもう一つ用意してあるとレインは教えてくれた。無駄なことに予算を割《さ》くのはあまりしたくはないけれど——とかなり不満そうでもあったが、正直助かったと言えば助かった。

そんな新しい部屋の新しいベッドに、レインは横になる。

「そうだね……疲れたし、早く寝ようか」

なんだか顔が赤い王女の言葉に頷くと、愛は前の部屋から持ってきた愛用の（二重の意味で）シーツを床に敷いた。

「——え？」

そのことにレインは少し驚いた様子で声を漏らす。

「ん？　なに？」

正直なことを言えば、レインが何に対して驚いているのかを愛は理解していた。それでも誤魔化すように首を傾げてみせる。だって、恥ずかしいから……。

「その……い、一緒に寝ないのですか？」

「それは……その……あたしはあくまでも奴隷だし」

「……っ、それは……。そうですね。では、すぐに解除を」

慌ててレインは部屋を飛び出そうとする。

「ま、待った！　それはいいっ！」

そんな彼女を引き留めた。

「……何故ですか？」

「何故ってそれはその……えっとさ、レイン達王族って家族で一緒に同じ部屋で寝たりする習慣ってあるの？　例えばその……王様と王妃様って一緒に寝てたりした？」

正直王妃についてはあまり聞きたくはなかった。既に死んでしまっていることは城中の様々な人から聞いていたからである。家族の死というのは辛い。それは愛が一番よく知っている。だからこそ、できる限り避けたい内容ではあったのだが、今回は仕方がない。

「お父様とお母様ですか？　いえ、そんなことはありませんでしたよ」

「やっぱり」

本とかで読んだ印象の通りだ。王族は同衾《どうきん》しない。王様が共に寝る相手は、その日、王様自身が決めた相手だけということだろう。

「えっと、それが何か？」

「何かって言うか……その……あたしが今、こうしてレインと同じ部屋にいられるのって、あたしがレイン専属の奴隷って身分だからなんでしょ？　だからその……奴隷でなくなると困るっていうかなんというか……」

モジモジしながら伝える。

「——あっ」

するとレインは小さく声を漏らし、ボッと音がしそうなほどの勢いで顔を真っ赤に染めた。

「そそそ、その……そういうわけだからさ、奴隷のままでもいいかなって——ね」

分かりやすい王女の反応に、愛の顔まで赤くなってしまう。膨れ上がってくる羞恥を誤魔化すようにもの凄い早口で伝えた。

「なるほど……それは確かに……。私も困ります。ですが、その……だからって床で寝る必要は……」

「でも、ほら……身分は大事で、お姫様と奴隷が一緒に寝てるところを誰かに見られたら困るでしょ？」

「……今更の話だと思いますが」

「——うっ！」

それは確かにその通りだ。

ミストにはとっくに見られてしまっている。今更気にしたところで仕方がない。ただ、それでも「じゃあ一緒に寝ようか」と口にすることはできなかった。

（だって……だってだってだって……恥ずかしいじゃんっ!!）

正直なことを言えば一緒に寝たい。レインの柔らかな身体をギュッと抱き締めたい。けれど、恥ずかしい。想像するだけでのぼせそうになってしまうくらいである。

（好きな人ができるって……こういうことなんだ……）

生まれて初めて知る感情だった。

正直、少しだけ冷静になる時間が欲しい。

だが――

「愛は……私と一緒に寝たくはないのですか？」

「そんなことないっ！　うん。寝よう！　一緒に寝ようっ！」

レインに上目遣いで見られた瞬間、恥ずかしさを始めとした色々な感情が一瞬で吹き飛んだ。

あのレインが、いつも基本無表情だったレインが、今にも泣き出しそうな顔をしている。潤ませた瞳を小犬が飼い主に縋るように、こちらへと向けている。あまりにも可憐で可愛らしい姿だった。

（お嫁さんにしたい！　この子……あたしのお嫁さんにしたいッッ!!）

そんなことすら叫びたくなってしまう。拒絶などできるわけがなかった。

そういうわけで愛はレインと共にベッドに横になった。

王女と二人で並んで眠る。

ドキッドキッドキッ——心臓が早鐘のように高鳴った。全身の血液が逆流しそうになる。頭がクラクラした。自分の隣にレインを感じているだけで、燃え上がりそうなほどに身体が熱く火照っていく。

(こんなの眠れるわけないよ)

部屋は真っ暗、ベッドはフカフカ、しかも、今日はかなり疲れている。本来ならすぐに眠りに落ちることができそうな状況だった。だが、それでも、まったく眠気を感じなかった。それどころかどんどん目が冴えていく。

(レインは……レインは眠れてるの?)

なんとなく横のレインへと視線を向ける。

すると、彼女もこちらへとちょうど同じタイミングで顔を向けてきた。目と目が合う。

王女はクスリッと笑みを浮かべた。

「やっぱり愛も眠れないのですね」

「うん……。寝れない。ドキドキしちゃって……」

「……本当に？　確かめさせて下さい」

「——え？」

言葉の意味が一瞬分からず首を傾げる。その疑問に行動で答えるとでも言うように、レインはギュッと愛の身体を抱き締めてきた。

「ふあっ」

レインの手が自分の背中に回される。押しつけられる身体。温かな体温や、乳房の柔らかさが寝間着越しに伝わってくる。まるで全身を恋人に包み込まれているような感覚を覚え、思わず声を上げてしまった。

「本当だ。本当に愛……ドキドキしてます」

うっとりと王女は呟く。

「レインも……同じだね」

そういうレインの鼓動も感じた。抱き合っているだけでも分かる。王女の胸の高鳴りが伝わってくる。

（あたしでこんなに……）

嬉しかった。心の底から……。同時に更なる愛おしさが膨れ上がってくる。そんな想いを伝えたい。そう思った。

だから——

「レイン……好き」

そう口にした瞬間、

「愛……好きです」

王女も同じタイミングで想いを伝えてきた。

二人は同時に瞳を見開き、互いをジッと見つめた。そして、頬を赤く染めながらクスクスと笑う。でも、笑いの時間はそれほど長いものではなかった。どちらからともなく二人は笑みを止めると、互いに見つめ合った。そしてゆっくりと唇を近づけていく。

「んっちゅ」

「んふっ」

そのまま二人はキスをした。ソッと触れるだけのキス。けれど、それだけで心も身体も満たされていくような温かさを愛は感じた。幸せ——これまで感じたこともないくらいの幸福感が膨れ上がってくる。

「大好き……レイン……大好き……」

想いを抑えることなんかできるワケがなかった。

一回のキスだけで満足なんかできない。

「んっんっんっ……」

「はっふ……んふあっ……」

何度も愛はレインに口付けした。王女の方も同じだ。互いの唇を小鳥みたいに啄み合う。しかし、それだけではやがて我慢ができなくなってしまう。ただ唇を重ねるだけでは満足できない。もっと深く感じたい。もっともっと深い口付けを……。

そうした想いに抗うことなどできるわけがなかった。

「んっんっ……んふぅう」

「んちゅぅ……」

どちらからともなく互いの口腔《こうくう》に舌を差し入れる。そのまま掻き混ぜるようにグチュグチュと蠢かせ始めた。舌と舌を絡ませる。唾液を相手の口に流し込み、また、相手の口から唾液を啜った。膨れ上がる想いのままに唇を甘噛《あまが》みする。上唇や下唇を吸いつつ、より互いの身体を抱き締めた。

（熱い。あたし……どんどん熱くなってく……）

身体がより火照り始める。下腹部がキュンキュンと疼いた。

「レイン……あたし……」

そっと唇を離し、王女を見つめる。

「愛……私も同じ気持ちです。キスだけじゃ……満足できません」

もっと感じたい。もっともっともっと……。

抗えないほど想いは大きく膨れ上がっていった。

そうした感情に愛もレインも逆らいはしない。いや、逆らうことなどできない。

「んんんっ」

もう一度口付けをする。その上で互いに互いの秘部に手を伸ばした。愛はレインのネグリジェを捲る。レインは愛のショーツの中に、細指をソッと挿し込んできた。

ぐちゅっ……。

「あんんっ！」

「あっは……はぁあああ……」

秘部に触れ合う。濡れる二人の秘部。グチュリッという淫猥な音色が響き渡った。触れられただけでしかないというのに、視界が歪むほどの肉悦が走る。まるで電流でも流されたかのように、二人は同時に肢体をビクンッと震わせた。快感が駆け巡る。身体中が蕩けてしまいそうだった。

そうした快感に身悶えつつも、二人は互いの秘部から指を離しはしない。口付けだってやめはしない。

ちゅっちゅっ……ふちゅぅう……。

「んっは……あふあっ……んんんっ……あっあっ……レイン……んんんっ……レインっ」

「愛……んんんっ！　あっ……あんんん……はぁっはぁっはぁ……愛……愛……好き……好きです。愛して……ます……ふんんっ……」

「あたしも……あたしも好き……。レインが……大好き……」

想いを伝え合いながら、口腔を舌で掻き混ぜ合いながら、秘裂を互いに擦り合った。愛液を指で搦め捕りながら、襞の一枚一枚をなぞっていく。時には陰核に指を添えると、包皮を捲り、扱くように敏感部を刺激したりもした。

「い……いいっ！　これ……いいっ……レイン……凄く……いいっ」

指や舌の動きに比例するように、性感が高まっていく。

「わた……んんっ……私もです。愛……気持ちいい。すごく……よくて……私……もうっ！

あっあっあっ！　い……イクっ……イッちゃいます……」

レインも同じように昂っている様子だった。イクという言葉を証明するように、身体中を小刻みに戦慄《わなな》かせ始める。愛液量もお漏らしでもしているのではないかとさえ思ってしまうほどになっていた。

「あたし……あたしも……」

まだほんの少し秘部を弄り合っただけでしかない。しかし、それだけで十分だった。脳髄まで蕩けそうなくらいの愉悦が全身を駆け巡っていく。どうしようもないほどの肉悦と幸福感――抗うことなどできはしない。

二人は再び口付けをすると同時に、グジュッと肉花弁に強く指を押しつけた。

「あ……い……イクっ！」

「んっは……あっあっ――はぁあああああっ！」

瞬間、快感が弾けた。愉悦が爆発する。全身が快楽に包み込まれていく。愛とレインは切なげに表情を蕩かせながら、甘い悲鳴を響かせ、全身をビクビクと震わせた。

「はっふ……あふぁあああ……」

幸福感と愛おしさを伴った虚脱感に全身が包み込まれていく。愛は自分の身体中から力が抜けていくのを感じた。そんな感覚に身を任せつつ、再びレインへと唇を寄せる。

「んっちゅ……はちゅうっ」

躊躇うことなく王女はこれを受け入れてくれた。繋がり合う唇と唇。伝わってくる温かさ。愛は心も身体も一つに溶け合い、混ざり合っていくような感覚を覚え、うっとりと瞳を閉じるのだった。

そのまま二人は眠りに落ちていく……。

＊

「なんかちょっと恥ずかしいかも」

愛は裸だった。一切衣服を身に着けていない。いや、裸なのは愛だけじゃない。レインも同じように生まれたままの姿を晒していた。

「ふふ……肌を見せるのは初めてではないでしょう？　今更恥ずかしがることなんてありますか？」

羞恥で頬を染める愛に対し、挑発するような言葉をレインが向けてくる。

「それはそうかも知れないけど……。部屋以外でこういう姿になるのって初めてだし」

周囲を見回す。

確かにここはいつも身体を重ねている寝室ではなかった。

場所は浴室だ。しかも王族専用の大浴場。かなり広いスペースである。ちょっとした銭湯くらいの広さはあるだろう。だからこそ羞恥を覚えてしまうのだ。

（銭湯とか温泉なんて日本じゃ普通だけど……でも……）

一緒に入っている相手は知らない他人でも、ただの友人でもない。大好きな人、愛しい人、最愛の恋人なのだ。恥ずかしがるなと言われても無理である。

「レインは恥ずかしくないの？」

「もちろんです。肌を見せる……そのことに羞恥を覚えることなどあり得ません」

「あり得ないってそんなこと……」

あるのだろうか？　と考え、すぐに気付く。

（そういえばレインって着替えとか全部侍女にさせてるんだもんね）

肌を誰かに見せるということは王族にとっては当たり前だ。今更恥ずかしがることではないのだろう。

（でも、それって……）

自分以外の人間もレインの柔肌を見ているということになる。なんだかちょっとムカムカしてしまった。

（って、侍女さん達はただ仕事をしてるだけだし……。結構私って嫉妬深いのかなぁ？）

が、すぐに冷静さを取り戻す。ブンブンッと首を横に振りつつ、改めてレインを見た。

（――ん？）

そこで気がつく。

レインの頬がなんだか赤く染まっていることに……。

（気のせい？　いや、違う）

マジマジとレインを見る。やっぱり顔は赤いままだった。

「……な。なんですか？」

「レインも恥ずかしいんでしょ？」

明らかに動揺する王女の姿に、自然と口元には笑みが浮かんだ。

「なっ！　そんなこと……。肌を見せる程度で私が……」

「本当のことを教えて」

否定を重ねてくるが受け入れない。真っ直ぐレインを見つめ、重ねて問う。それに対し王女は「うぐっ」と口籠もった後――

「そ、そうですよ。恥ずかしいですよ」

観念したように自身の羞恥を認めた。

「恥ずかしくないわけないじゃないですか。好きな相手に肌を見られる……。侍女達に見られるのとはまるで違いますもの」

「そっか……ふふ、そっかそっか……」

なんだか嬉しくなってしまう。

「な……なんですかその笑顔は？」

「ん？　いや……そのね……レインもあたしと同じだって思ったら嬉しくなっちゃってさ。だから……その……あたし我慢できないかも」

「我慢？」

「好きって気持ち……抑えられない」

愛おしさがわき上がってくる。抗うことなどできなかった。

「ちょっと後ろを向いて」

想いのままにレインに声をかける。

「後ろ？」

不思議そうに首を傾げつつ、王女は愛に背を向けた。

「あたしがレインを綺麗にしてあげる」

囁きかけながら、美しい背中をギュッと抱き締める。自分の肢体を愛しい人の身体に密着させた。柔らかく温かな感触が実に心地いい。

「——え？」

「ふふ」

戸惑うレインに対し、愛は妖艶な笑みを浮かべてみせた。

そのまま行動を開始する。石鹸を泡立てると、自分の身体を泡塗《あわ》れにした。その上でレインをもう一度抱き締める。もちろんただ抱くだけではない。綺麗にする——その言葉通り身体をくねらせ始めた。自身の肢体で恋人の肉体を綺麗にする為に……。

「やっ！　ちょっ……恥ずかしい。こんなの恥ずかしいです」

「分かってる。あたしだって恥ずかしいもん。でも……止められない。レインのことが好きだから……」

囁きかけつつ、肢体をくねらせ続ける。胸で、腹部で、レインの背中を擦り上げていく。グチュッグチュッグチュッという音色が響いた。耳にしているだけで興奮してしまう音だ。

ジンジンと秘部が熱くなっていく。白い肌が桃色に紅潮していった。

そうした劣情を抱えつつ、抱き締めるだけではなく手で王女の肢体を撫で回したりもしてみせる。レインを綺麗にする——言葉通り、乳房を掌で撫で回し、括《くび》れを優しくさすってみせた。太股だってなぞっていく。レインの全身に沫を染み込ませていくように……。

「はふう……はぁっはぁっ……はぁあああ……愛……愛ぃいい……」

愛の動きに合わせてレインはどんどん漏らす吐息を荒いものに変えていった。手を動かすたびに肢体をビクッビクッとヒクつかせながら、潤んだ瞳を切なげに向けてくる。撫でられるだけでは足りない。もっと感じたい。もっと感じさせて欲しい——とでも言うような視線だった。

向けられる想いに愛は応える。見返ってこちらを見つめるレインの唇に自身の唇を寄せると、躊躇うことなく口付けした。

「んっちゅ……ふちゅっ……むちゅうっ」

レインの口腔に舌を挿し込む。

「んっふ……はふっ！」

それだけでも気持ちがよかったのか、ビクンッと王女は肢体を震わせた。そうした反応に更に喜びが膨れ上がってくるのを感じつつ、舌を蠢かして口内を掻き混ぜ始める。乳房と背中を密着させながら、貪るように口腔を蹂躙《じゅうりん》した。

「ちゅるっ……ふっちゅ……んちゅっ……はちゅうっ……」

そんなキスをレインは受け入れてくれる。全身から力を抜きつつ、挿し込んだ舌に舌を絡みつかせてくれた。そのような反応に愛おしさを感じつつ、浴場の床に彼女の身体を押し倒すと、一度重ねていた唇を離した。

「あっ」

寂しそうな愛へと視線を向けてくる。もっとキスして——視線がそう訴えていた。

「分かってる。でも……その前に……こっちでもキスをね」

そう言って沫に塗れたレインを仰向けに寝かせると、両脚を開かせた。クパッと濡れた肉花弁が剥き出しになる。幾重にも襞が重なる美しい秘部。見ているだけで身体が熱くなってくる。肥大化する劣情——愛は逆らわない。逆らえない。ゆっくりと愛は自分の秘部をレインの花弁に密着させた。

ぐちゅっ……。

「あひんっ！」

「あっはぁあああ」

敏感部と敏感部が口付けする。粘液と粘液が絡み合う音色が響くと同時に、身体中が弛緩してしまいそうなほどの愉悦が走った。我慢できず歓喜の悲鳴を漏らしてしまう。正直触れ合っただけでも達してしまいそうなほどに心地よかった。だが、まだイカない。まだ達しはしない。膨れ上がってくる絶頂感に愛は抗う。イク時は一緒がいいから……。

「レイン……はぁっはぁっはぁっ……レインっ！」

グッチュグッチュグッチュグッチュグッチュ……。

淫猥な音色がリズミカルに響き渡ってしまうくらいの勢いで腰を振る。一つになりたい。繋がってる場所を中心に二人の身体が一つに溶け合って欲しい――とでも訴えるような勢いだった。

王女の沫に塗れた肢体が揺れる。愛のものよりも大きな乳房が弾むように揺れ動いた。沫が周囲に飛び散る。

（なんでだろう？）

同じ女の身体だ。これまで同性の裸を見たところで欲情なんか一度だってしたことはなかった。だというのに、レインが乱れる姿にどうしようもないくらいに興奮してしまう。もっとこんな姿が見たい――と。

（これ、好きってことなのかな……）

愛した相手の全部を知りたい。そう思った。だからどんどん腰の動きを激しいものに変えていく。自分自身を恋人の敏感部に刻み込もうとするかのように……。

「どう？　んっふ……あふううっ……。気持ちいい？　レイン……感じる？」

「はい……あふっ……んふうっ……感じてます。私……凄く……気持ち……ああっ！　気持ちいいです。恥ずかしい。こんなの凄く恥ずかしいのに……。私……んんっ……感じすぎてしまいます」

その言葉に嘘はないだろう。真実を証明するように、秘部から溢れ出す愛液量は留まることを知らない。まるでお漏らしでもしているみたいな有様だった。

「愛は？　あっふ……んふううっ……愛は……気持ちいいですか？　感じて……んんっ……ますか？」

「うん。感じてる。感じてるよ。あたしもレインで滅茶苦茶気持ちよく……なってる。んんっ……あふうっ……。こんなの……こんなの我慢できない。すぐ……あたし……すぐにい……イクっ！　イッちゃう……かも……」

快楽を否定したりなどせず素直に認める。絶頂さえも訴えた。

「そうですか……なら……遠慮なくイッて……はぁっはぁっはぁっ……イッて下さい。私も……んふうっ……なんだか……凄く興奮してて……我慢とか……あっあっ……できそうにないです……だから……だからぁっ」

レインも同じように限界を教えてくれる。いや、ただ口にしてくるだけではない。身体でも絶頂を訴えるように、レインの方からも腰を淫靡に振ってくれた。

秘部と秘部が強く口付けする。肉襞同士がディープキスするように絡み合った。陰核同士が擦れ合う。グニャリッと視界が歪むほどの快感が身体中を駆け巡った。

「レイン！　あたし……あたし……こんなのっ！　もうっ！　あああ……もうっ！」

「私も……あああ……抑えられない……いいっ！　気持ち……いいです！　気持ち……よすぎて！　あっあっあっあっあっ――」

上擦っていく嬌声がユニゾンする。互いの快感を伝え合うように、二人はより強く腰と腰を押しつけ合った。

「い……イッくっ！」

「あっは……んはぁあああっ」

膨張し続けていた快感が弾ける。肉悦の奔流が押し寄せてきた。抗うことなどできない。いや。抗うつもりなどない。濁流《だくりゅう》のような快感に愛は身を任せる。愛おしさと快楽に表情を蕩かせながら、全身をビクビクと激しく震わせた。

「愛……愛……愛ぃいい……」

「レイン……レインんんっ」

名前を呼ばれると、名前を呼ぶと――それだけで愛おしさが更に強くなっていく。想いと快感に溺れるように、ただただ二人は肢体を震わせ続けた。

「はぁああ……お風呂……なのに……汗塗れです」

「だね……。でも、お風呂だから……はぁ……はぁ……大丈夫。すぐに綺麗にしてあげるからね」

「……それ……また汗塗れにされてしまいそうです」

「されたい？」

「……はい……されたいです」

問いかけに躊躇うことなく頷いてくれる。愛しさがこみ上げてきた。

「そっか……それじゃあ……もっと……」

好きだという気持ちに素直に従う。想いのままに、心のままに、レインの唇に愛は何度目になるかも分からない口付けをするのだった。

そして――

「あっ！　好きっ！　好きぃい！」

「愛してます。大好きですっ！」

浴室内に再び恋人達の歌声が響き始めた。

＊

「へぇ、これを……愛が作ったのですか？」

想いを伝え合ってから数日後、レインの休憩時間を見計らって愛は改めて作り直したケーキをプレゼントした。

「まぁね！」

エッヘンと胸を張ってみせる。

「……なるほど。これを作る為にミストとコソコソやってたのですね」

「そういうこと。もしかして、嫉妬しちゃった？」

からかうようにニヤニヤと笑ってみせる。

「はい。嫉妬しました」

それに対してレインは動じることなく、はっきりとそう告げてきた。

「――ふえっ⁉」

てっきり否定されるか誤魔化されるものだと思っていた愛は、意外なレインの答えに思わず間の抜けた声を上げてしまう。そんな愛をレインは真っ直ぐ見つめてきた。

「あの頃は私は自分の想いに気付いていませんでした。でも、間違いなく私はあの頃から貴女のことが好きだった。だから、私は貴女とミストが一緒にいるのを見て、凄くモヤモヤして、イライラしていました。アレは嫉妬です。間違いなく」

そんなことまで口にしてくる。

「大好きな人が自分以外といる。嫉妬しないワケがないです」

語るレインの顔は真っ赤だった。本当に恥ずかしそうな顔である。それでも、隠すことなくストレートな感情を口にしてくれた。

「――レインッ！」

愛おしさが膨れ上がる。思わず愛はレインを抱き締めた。すると王女も抱き締め返してくれる。そのまま二人はそっと唇を寄せ合い――

「んっふ……んんんっ」

クチュッとキスをした。

（ああ、やっぱりレインの唇……あったかい。凄く……気持ちいい）

伝わってくる唇の感触――思考まで蕩けそうになってしまう。

（もっと……もっと……）

ただ唇を重ねるだけでは足りない。更に深いキスをしたくなってしまう。そうした想いに抗うことなく、レインの口腔に舌を挿し込もうとする。

「ご……ゴホンッ」

だが、そのタイミングで室内にいたバスターが咳払いをした。例の刺客襲撃以来、常にレインの近くには護衛兵がいるのである。

「──あっ！」

室内に自分達以外の人間がいたことをお陰で思い出す。慌てて愛は唇を離した。もちろんレインもだ。どちらの顔も羞恥で真っ赤だった。

「え、えっと……それじゃあ切り分けましょうか」

気まずそうに顔を赤くしたミストが口を挟んでくる。

「へ？　その……は……はいっ……」

コクッとただ頷くことしかできない。

ミスト達には初めてキスをした場面だって見られている。当然二人が両想いだってことだって知られている。ただ、だからといってキスを見られるのは恥ずかしい。頭を抱えて「うわあああああっ」と声を上げたいレベルの羞恥だ。

(バカップルじゃん！　これじゃああたし達完全にバカップルじゃん！　駄目！　それは駄目！　駄目駄目駄目駄目っ!!)

何度も顔を合わせる親しい人にイチャイチャを見られるとか、恥ずかしすぎて頭がおかしくなりそうになる。

（しない！　あたしはもう……人前で恥ずかしいことなんか絶対にしないんだからぁ！）

必死に自分に言い聞かせる愛なのだった。

だが、それから数分後には——

「それじゃあ、レイン……あ～ん♪」

ミストに切り分けてもらったケーキをレインの口に運ぶ自分がいた。ミスト達まで恥ずかしそうな表情を浮かべていることになどまったく気付かない。

「あ、あ～ん」

それはレインも同じであり、照れつつも王女は躊躇うことなく口を開いた。ハムッと愛が一生懸命作ったケーキを食べてくれる。

「ど、どうかな？」

もぐもぐとケーキを咀嚼《そしゃく》してくれるレイン。その姿になんだか緊張感を覚えた。誰かに自分が作ったものを食べてもらうというのは愛にとって初めてのことなのだから仕方ない。美味しいと言ってもらえるか？　喜んでもらえるか？　バクバクと心臓を早鐘のように高鳴らせた。

そんな愛に対してレインは最高の笑みを浮かべてくれる。

「美味しいです。愛のケーキ……とっても美味しいですよ」

以前の無表情からは想像もできないほど、蕩けきった笑顔だった。ミストや兵士達もざわつくほどである。

「そっか……ふふ、嬉しい。あたし……本当に嬉しいよ」

そこまでの笑顔を自分のケーキでレインが浮かべてくれた。こんなに喜ばしいことはない。自分が作ったものを誰かに食べてもらうということって幸せだったんだ——初めてそれを知ることができた。

喜びに後押しされるように、自然と愛も同じように笑顔を浮かべる。そこで気付いた。レインの頬にケーキの生クリームがついていることに……。

「……レイン」

「なんですか？」

「ほっぺ……」

そう言うと愛はレインの頬に唇を寄せ、舌を伸ばす。ペロッとクリームを舐め取った。

「あ……」

レインが頬を染める。

「へへ、確かに美味しいね」

口内に、そして心に広がる甘みに、愛はニッコリと笑ってみせるのだった。

ただ、その笑顔は「えっと、その……そういうことは……二人だけの時にお願いします。正直ちょっと……見てるのも辛いレベルです」というミストの言葉によってあっさりと崩されることとなってしまった。

レインだけではなくバスターを始めとした護衛の兵士達もちょっとゲンナリした顔をし

ている。

（バカップル行為はしないって決めたのにぃいいいっ！）

結局恥ずかしさで悶絶する愛と、

「あ、これは……これはその……」

レインだった。

＊

愛は幸せだった。

本当に幸せだった。この世界に来てよかったと心の底から思えるくらいに……。

（父さんと母さんは死んじゃった。でも、それでも、あっちにいる時だって私は自分を不幸だって思ったことはなかった。叔父さんや叔母さんは親切だったし、友達も沢山いたしね。でも、だけど……）

幸せだ――と思ったことはあまりなかったような気がする。

何事にも一生懸命になれなかった。誰かを好きだとか、愛するとか、思うことができなかった。いつか失ってしまうかも知れない――心の何処かでそう思っていたから……。だから自分は決して人を好きにはなれない。愛せない。そう思っていた。

だけどそれは違ったのだ。

自分の為ではなく国の為に頑張っていた一人のお姫様と出会うことで、愛は愛を知ることができたのである。

（支える。レインを……。あの子、国の為なら本当に頑張りすぎるところがあるから、あたしが支えるんだ。無理しすぎないように注意して、あたしがやれることならなんだってやって、少しでもレインの負担が軽くなるように……）

多分、それこそがこの世界に自分が呼び出された理由なんだろう――そう思った。

（誰か――神様？　みたいな誰かが、レインの為にあたしを召喚した。きっとそうだよね。だから……）

ずっとレインと共にいる。

そんなことを考えながら、城中の掃除――日課と化している――をする愛なのだった。

ミストを連れて城中を歩くレインを見たのはそんな時のことである。

「あ、れい――」

すぐに声をかけようとした。が、最後までその言葉を口にすることはできなかった。何故ならば、泣いていたから――レインが眦から涙を零していたから……。

最近愛に見せてくれている幸せそうな表情とはまるで違うものだった。本当に悲しそうな顔だった。彼女の後ろを歩くミストの顔も暗い。

「レインッ!!」

見ていられない顔だった。大好きな王女には悲しい顔などして欲しくない。改めて愛は彼女の名を呼んだ。

「どうしたの？」

「…………」

問いかけに対し、レインは何かを迷うような表情を浮かべた。答えづらそうな顔である。

仕方がないのでミストを見た。

「その……実は……」

すぐにミストは答えようとしてくれる。

「……私が話します」

そんな彼女をレインが止めた。ミストは口を閉じる。

レインは一度大きく深呼吸をすると、改めて愛を見つめてきた。なんだか嫌な予感がする顔だった。話を聞きたくない――そのようなことまで考えてしまう。だが、聞くしかない。聞かなければレインの苦しみを理解することができないから……。覚悟を決める。

「実は、先程お父様に呼び出されました」

つまり、国王に……。

「決まったそうです」

「決まった？」

一体何が？

「……結婚の日取りです」

「――あっ」

その瞬間、愛の脳裏に宴会の席で見たあの男の姿が蘇ってきた。

「一週間後だそうです」

「い、一週間⁉」

あまりに急すぎる。普通、王族の結婚などというのは、もう少し時間をかけるものなのではないだろうか？

「前々から婚約自体は決まっていましたから」

こちらの疑問にレインは気付く。

「でも、それでも……」

「はい。それでも急な話です。多分、それだけお父様や貴族達は焦っているのでしょう」

反王政派の勢いがそれだけ増している——とのことらしい。

「予定を前倒しにしてでもシュテファンの力添えが欲しいという状況までお父様達は追い詰められている——ということです」

「そんなっ……そんなことっ！」

レインのことなど何も考えていない。それが親のすることなのだろうか？

「いやだ。あたしはイヤだよっ！」

とてもではないが受け入れられない。レインがあんな男の妻になるなど、考えるだけでも吐き気がする。

「す、すぐに……そう……すぐに……取り敢えず何処かに逃げて……」

レインの腕を掴む。何か考えがあるというわけではないけれど、すぐさま走り出そうとする。まずは城から出て――。

「ごめんなさい」

だが、レインは動かなかった。動いてくれなかった。それどころか愛に対して謝罪の言葉まで向けてくる。

「ごめんって……何が？」

理解できなかった。レインは一体何を謝っているのだろうか？

「私は逃げることはできません。私は……シュテファンに嫁ぎます」

疑問に答えるように、王女は言葉を続けてきた。

「……なんで？　あんな……あんな男が相手なんだよ！」

幸せになれるとは思えない。不幸になる未来しか見えない。

「確かに……あの男は最低です。あんな男……私だって耐えられません。ですが、他に選択肢はないのです。この国の……民の為にも……」

既に婚約は決まってしまっている。それなのにアスタローテ側から破棄することなどできはしない。そんなことをしてしまったら、間違いなくシュテファンは報復をしてくるだろう――レインはそう語った。

「お父様や貴族達に害が出る。それだけであれば正直構わないと私は思っています。しかし、間違いなくそれだけでは収まらない。民にも確実に悪い影響が出ます。私は……それに耐えることができません」

だから結婚する——それが彼女の想い。

「あ……あたしは……」

そんなレインに一体どんな言葉をかければいいのか？　分からない。何も分からない。

「……ごめんなさい。愛……」

レインの謝罪と涙——愛の胸は酷く痛んだ。

＊

(結局……結局こうなるんだ)

幸せなんて簡単になくなってしまう。

(こんな……こんなことなら……)

好きになんかならなければよかった。

部屋のバルコニーで夜空を見ながら、愛はそんなことを考えた。

室内にレインはいない。婚姻について王や貴族と話す為帰りは遅くなるとのことだ。

なんとかしたい——そう思う。こういう時、異世界転生や転移ものの主人公ならば、きっと元の世界の記憶とか、転生、転移時に得たチート的な力でなんとかするのだろう。けれど、愛にはそんな力はない。ただの学生でしかないのだ。

救えない。レインは行ってしまう。あの最低な男のもとに……。

(どうすればいいのよ……)

結局幸せになることなんかできないということか。

グッと奥歯を強く噛む。

ギイッと部屋の戸が開いたのはその時だった。

「レイン？」

振り返る。

だが、そこにいたのはレインではなかった。

「ミストさん？」

入ってきたのはミストだった。

「えっと、レインは？　まだ会議中ですか？」

首を傾げて尋ねる。

その問いに対し、ミストは何も答えることなく、ツカツカと愛に近づいてきた。

「……どうしたんですか？」

普段のどことなくおっとりとしたミストとは明らかに様子が違った。強い意志を感じさせる表情を浮かべている。そうした姿に愛も緊張する。

そんな愛にミストは――

「愛さんにお願いがあります。この国の為に――姫様を……レイン＝ファル＝アスタローテ様を殺して下さい」

静かに、そう告げてきた。

第八章　愛しい人に殺される夜

国の、民の為であれば私はどんな相手とだって一緒になれる。たとえそれが最低な人間だったとしても——私はそう思っていました。王族の命は国の為のもの。自分自身のものではない。だから、どんな辛いことでも受け入れなければならないと。

ずっと自分に言い聞かせてきた生き方……。母から教わった生き方。

(でも……イヤです)

婚約者の姿を思い出す。

あの男の目……。私を舐め回すような目でした。あんな目をした男に抱かれるなんて、考えるだけでも怖気《おぞけ》が走ります。できることならば逃げ出したい。愛と二人でどこか知らない国に、世界に——行きたい。

けれど、それは許されません。私が逃げればこの国の民が不幸になります。

まぁ、多分、結婚したとしてもそれほど大きく状況は変わらないでしょうが……。

それでも、それでも私が逃げるよりはきっと民にとってはいい結果に……。

だけど、でも……。

愛の笑顔を私は思い浮かべました。私にはできないとても純粋な笑顔。見ているだけでこっちまで幸せな気分になれる微笑み。あの笑みを曇らせたくはありません。ずっとずっと愛と一緒にいたいです。初めて好きだと思えた相手と、私も笑っていたい。

こんなことならば好きになどならなければよかった。

愛のことを思うだけで、私の眦からは涙が溢れ出しました。胸が押し潰されそうなほどに痛みました。

そうした痛みから目を背けるように、私は結婚の日取りが決まったと伝えて以来、執務室にほとんど引き籠もり、愛とは会話をしないように努めることにしました。同時に愛も私に近づけないように、本当の奴隷を扱うように色々な命令を下すなんてことも。

部屋の掃除や城中の掃除、更には家畜の世話まで……。愛が来たばかりの頃よりも沢山の仕事を与えました。

私は愛とはいられない。愛ではなくあの男に嫁がなければならない。そんな私のことを想わせる。それは愛に対してとても酷だと思ったからです。だから私のことを忘れてもらおう。私のことを恨んでもらおう――そう思いました。それ故の仕事です。

直接顔を合わせることもなく、ミストを通じてひたすら仕事を命じ続ける。朝から晩まで、沢山の仕事を……。その上、寝室も別々にしました。私は愛を自室から追い出し、城中にあった奴隷用の部屋へと移動させたのです。

我ながら本当に理不尽な扱いです。でも、こうするしか私にはなかった。これだけのことをしなければ、きっと愛は私を恨んでくれないと思ったから……。

でも、でも、でも……。

会いたい。愛に会いたい。愛を抱き締めたい。愛とキスをしたい。好きだという想いを伝えたい——私の方が耐えられそうにありませんでした。

＊

(こりゃ……結構辛いかも……)

愛は疲れきっていた。

レインに結婚を告げられてから既に五日が過ぎている。あの日以来、愛はひたすら奴隷として扱き使われていた。朝から晩まで城中の掃除、掃除、掃除……。それと平行して家畜に餌をあげたり、身体を拭いてあげたりなどということまでさせられた。労働時間は十時間近くなっているだろう。毎日これでは過労死するかも知れないというレベルだった。

レインに奴隷にさせられた頃よりも遥かに辛い仕事ばかりである。まさに奴隷といった扱いだった。正直かなりの理不尽さを感じざるを得ない。

(でも、ここまでしなくちゃいけないくらい、レイン……追い詰められているんだな)

何故このような扱いをするのか？　少し考えればすぐに理解できた。

きっとレインは自分を恨ませるつもりなのだろう。あたしの為に……。

(レインって基本何を考えてるか分かんない子だけど、あたしには分かっちゃうんだよね。だって……あたし……レインのことがホントに好きだから。愛してるから……。だからさ、こんなことしたって)

恨むことなんかできない。

それどころか寧ろ想いはより強くなっていく。

助けたい。自分に対して憎しみを向けようとするほど追い詰められているレインを救ってやりたい。心の底からそう思った。

その為にすべきことは……。

『この国の為に——姫様を……レイン＝ファル＝アスタローテ様を殺して下さい』

数日前に聞いたミストの言葉を思い出す。

コンコンッと部屋の戸がノックされたのはその時だった。

「誰？」

戸を開ける。

するとそこにはミストが立っていた。

「レイン様がお呼びです」

感情をほとんど感じさせない表情で、ただ一言だけ告げてくる。

そんな彼女を愛はしばらくジッと見つめた後——

「分かりました」

短く答えた。

＊

「よく来ましたね」

部屋に愛が入ってきました。服装はメイド服ではなく、こちらの世界に来た際に身に着けていた〝制服〟とかいう名前の服です。愛は寝る際、ワイシャツにショーツという姿で寝ています。わざわざメイド服に着替えるよりは制服の方が楽だと判断したのでしょう。

そんな制服姿の愛がここに来たのは私が呼び出したからです。

愛と会うべきではない——そんな考えは僅か数日で崩れてしまったのです。我ながらこんなに意志が弱かったのかと正直驚いてしまいました。

だけど、仕方がないではありませんか。嫁いでしまえばもう、二度と愛には会えないのですから。だからこれは、そう、私にとっては最初で最後の我侭《わがまま》です。せめて最後に一つだけ思い出を……。

「えっと……その、話って何？」

どこか少し緊張した様子で愛は私に問いかけてきました。

私はそんな彼女に対し、以前のように感情を表に出さない表情を向けます。いえ、それどころかできる限り冷たい目を向けました。無感情に、奴隷を見下すような視線を……。

その上で短く「伽を命じます」とだけ告げました。

「——へっ？」

予想外の言葉だったのでしょうか？　愛は目を丸く見開きます。

まぁそれはそうでしょう。まさかこんな状況で身体を求めるなんて考えてもみなかったはずでしょうから。実際、私だって自分の考えには驚いていました。このギリギリになっても愛を求めてしまう自分。以前だったらそんなこと、絶対にあり得ないことでしたから……。実際欲望なんか抑えるべきだと理性は訴えてきています。

それでも私は自分の感情を抑えられなかった。

せめて最後に、そう、最後に、愛を私の身体に刻んで欲しかったから。私を愛に刻みつけたかったから……。

忘れてもらいたいという想いとは矛盾していることを自分でも理解しています。だけど、わき上がってくる感情はどうすることもできません。

(愛、ごめんなさい)

心の中で愛に謝罪しつつも、私は私自身の想いに抗いません。私は驚いた表情で固まっている愛へと近づくと――

「んっ……」

幾度もそうしてきたように口付けをしました。

(あったかい)

愛の温かさが伝わってきます。これだけで心が満たされるような気分になることができました。幸せが心の中に広がります。

こんな幸せ、ただ一度のキスだけでは満足なんかできません。

「んっちゅ……ちゅっちゅっ……はっちゅ……ふちゅうっ」

口付けを繰り返します。何度も何度も何度も何度も……。

「れ……レイン……」

やがてそんな私の口付けに応えるように、愛の方からも唇を強く押しつけてきました。いえ、それだけではありません。舌を伸ばし、口腔に挿し込んでくるなどということまでしてきました。私はそれを抵抗することなく受け入れます。もちろん、ただ受け身になるだけではなく、こちらからも舌を挿し込むなんてことだって……。

ぐっちゅ……。にゅじゅっ……。ぐっちゅ……くちゅううっ……。

「はっふ……んふうっ……ふうっふうっ……んふううっ」

「んんんっ……むっ……んんっ……くふうっ」

舌に舌を絡ませ合いました。グチュグチュというイヤらしい音色が繋がり合った唇と唇の間から漏れ出てしまうことも厭いません。貪るように愛の口腔を掻き混ぜ、頬をすぼめて激しく吸い立てました。愛の唾液を嚥下《えんげ》します。私の唾液を流し込みます。愛もそれを喉を上下させ、飲んでくれました。

そうした行為に私の身体はどんどん熱く火照っていきます。キュンッと下腹部が疼くのを感じました。抱き合って口付けをする——それだけでは満足できなくなってしまいます。もっと愛を感じたいと思ってしまいます。

そうした想いに抗うことなどできません。膨れ上がる感情に後押しされるように、私は愛をベッドに押し倒しました。その上で口付けを続けつつ、愛の制服に手をかけます。ベストを捲り上げ、ワイシャツのボタンを一つ一つ外していきます。絹みたいに白くて綺麗な愛の肌が露わになりました。もちろん下着も……。その下着だって躊躇なく上にずらします。

愛の全部をこの目に焼き付けておきたい。これから先、きっと地獄のような一生が私を待っています。それに耐えられるだけの思い出が欲しい。想いのままに愛の肌を私は露わにしていったのです。愛……愛……愛っ！　抑えられないほどに想いが膨らんでいくのを感じました。

劣情のままに下着を剥がしたことで、プルンッとそれほど大きくはないけれど形のよい愛の乳房が剥き出しになります。

私は一度重ねたままだった唇を離し、双丘に熱い視線を向けました。

「ちょっ……あ、あんまり見ないで……恥ずかしいから……」

私達は想いを伝え合う前からも幾度も身体を重ねてきました。それでも愛は慣れぬ様子で羞恥を見せます。瞳を潤ませ、頬を真っ赤に染めながら恥ずかしがる姿――とても可愛らしく、嗜虐《しぎゃく》心をそそられるものでした。

当然私は愛の乳房から視線を外したりなどしません。いえ、それどころか更に熱い視線を向けつつ、呼吸に合わせて上下する胸に唇を寄せると、チュッと白い肌に彩りを添えるピンク色の乳首に口付けをしました。

「んっ！　あっ」

ビクンッと愛の肢体が震えます。同時に可愛らしい喘ぎ声を聞かせてくれました。耳にしているだけで、あそこが熱くなってしまうような声。こんな声をもっと聞きたい――素直にそう思います。そうした欲望にどこまでも正直に従い、私は更に胸へ口付けを行いました。

「んっちゅ……ちゅっちゅっ……ふちゅうっ……」

乳首や乳輪だけに口付けをするのではありません。胸全体に何度も何度もキスをします。チュッチュッチュッという音色をわざと大きめに響かせながら……。

「だ、駄目だって……こんな……ホント……んっく……あんんっ！　ほ……んとに……うくっ……は、恥ずかしいからぁ」

愛は更に羞恥を募らせます。顔を見れば本気で羞恥を感じていることはすぐに理解することができました。ただ、恥ずかしがってはいますが、同時に愛は喜んでもいました。それは決して私の勘違いなんかではありません。

だって、愛の身体、凄く熱くなっていますから……。

いいえ、ただ火照っているだけではありません。汗だって掻《か》いています。乳首だって勃起させています。きっとスカートに隠れているあそこだって濡れていることでしょう。

そうした反応をしてもらえることに、私は喜びを覚えます。

（もっと、もっともっと……感じてもらいたい……）

想いは更に膨れ上がっていきます。

そうした劣情のままに、私は更に愛の乳房に口付けをしました。同時に舌を伸ばします。柔らかな胸に舌を這わせ、ゆっくりと舐め始めました。

「ンンンッ！　あっは……ふぁあああっ」

　舌先で肌をなぞります。動きに合わせて愛は身体をヒクつかせました。そうした反応を観察しつつ、柔肉だけではなく乳首にも舌を絡みつかせます。刺激によって勃起した先端を転がすように愛撫しました。乳輪をなぞったり、舌先で押し込んでみたり……。愛の胸が私の唾液で濡れていきます。

「それ……んんっ……声……出ちゃうっ……んっは……はぁあああ……」

　心地よさそうな吐息に私の耳がくすぐられました。

　ゾクゾクとするものを感じてしまいます。私の身体もより熱く火照り始めました。

　そうした熱に後押しされるみたいに、私は一度身を起こすと、身に着けていたドレスを脱ぎ捨てました。いいえ、ドレスだけではありません。下着だって躊躇うことなく外しました。愛の前に乳房と秘部を剥き出しにします。その上で、愛の身体を私だけが目に焼き付けるのではなく、愛にも私の身体を覚えておいて欲しい――そんな想いを伝えるように愛しい人の胸に自分の胸をギュッと密着させました。

　全身で愛の柔らかさや体温を感じたい。愛にも感じて欲しい――想いを身体で伝えます。

　結果、再び私達の顔と顔が近づくこととなりました。至近に愛の顔があります。息が届くほどの距離です。

「んっちゅ……はちゅううっ」

　当然のように私は自分からキスをしました。その口付けを愛も受け入れてくれます。肌を重ねた状態で、私達は再び互いの口腔に舌を挿し込み合いました。

くっちゅる……。にゅっちゅ……くちゅっくちゅっくちゅううう……。

どちらからともなく、舌をくねらせます。唇と唇の間からグチュグチュという淫猥な音色を奏で始めました。

それと共に私は身体を前後にくねらせ始めました。愛の乳房を自分の乳房で擦るように肢体を蠢かせたのです。

（ああ……これ……気持ちいい……）

胸と胸が、肌と肌が擦れ合います。湧き出した汗同士が混ざり合います。

「んんっ……あふっ……くふううっ……あっあっ……はぁあああ……」

口付けしながらとはいえ、ほんの少し肢体を動かしただけにすぎません。けれど、それだけでも十分すぎるほどの心地よさを感じました。全身を甘い痺れが駆け抜けていきます。身体がドロドロに蕩け、愛の身体と一つに混ざり合っていくような感覚というべきでしょうか？　すぐにでも達してしまいそうなくらいに、私は僅かな動きだけで昇り詰めてしまっていました。

でも、それは私だけではありません。

「んっは……むふうっ……ふうっふうっふうっ……んふうう……。れ……レイン……これ……あたし……もうっ……」

愛も同じでした。

潤んだ瞳で私を見つめてきます。縋るような目です。

（こんなの……）

我慢できるわけがありません。

私は愛の下半身に手を伸ばしました。スカートを捲り、剥き出しになったショーツに触れます。クロッチ部分に指を這わせると、それだけでグチュッという音色が響きました。愛の表情が愉悦に歪みます。とても気持ちよさそうな顔です。指先には粘液の感触が伝ってきました。気持ちいい。触られて幸せ——まるで全身でそう私に訴えてきているみたいです。感じてくれている。私で愛が——嬉しい。それが本当に嬉しい。

私はより強い興奮を覚えつつ、ショーツを横にずらすと、指先を膣口に密着させました。もっともっと気持ちよくしてあげたいからです。

「あっ」

途端に愛はこれまで以上に激しく肢体を震わせました。ジュワアアッとより多量の愛液が肉花弁から溢れ出します。私の指はグチョグチョに濡れることとなりました。まるでお漏らしでもしているみたいです。そこまで秘部を濡らしつつ、私を縋るように見つめてきます。もっと感じさせてと視線で訴えているようにも見えました。

こんなにするほどに、愛は私を求めてくれている——そう思うと涙が出そうなほどの喜びが膨れ上がってきます。

「……イカせてあげます」

期待に応えるように、私は愛の花弁に対して愛撫を行おうとしました。

「待って」

けれど、止められてしまいます。

どうして？　こんなに欲しがってるのに——私は問いかけるように愛を見ました。そんな私に対して愛は——

「挿入《い》れて」

一言告げてきました。

「え？」

一瞬意味が理解できず、首を傾げます。

「お願い。私の膣中《なか》に……レインの指を……挿入《い》れて……」

疑問に答えるようにもう一度言葉を投げかけてきました。

「それは……」

愛が言いたいことを私は理解し、言葉に詰まりました。

これまで私達は何度も身体を重ねてきています。でも、膣にまで指を挿入したことはありませんでした。求める気持ちはありましたが、なんとなく怖さも感じていたからです。それは多分、無意識の内に別れが来ることを理解していたから……。

「私の初めて……レインにあげたいの」

繰り返し愛は懇願してきます。

（私達の別れは決まっています。それを避けることはできません。だからこそ……）

ここまでしておいて今更ですが、そこまでしていいのか？　と躊躇いを覚えてしまいます。別れるのに愛の大切なものを奪う。そんなこと許されないのではないか——と。

「来て……レイン……お願いだから……」

迷う私を愛はジッと見つめてきます。

強い想いを感じました。心の底からの願いだと、私はその目で理解しました。

「分かりました」

私は頷きます。

「でも——」

すぐに言われた通りには動きませんでした。

「ならば愛もお願いします。愛も……私の膣中《なか》に……」

私だって愛が欲しい。愛に初めてを奪ってもらいたい。だって、好きだから。誰よりも愛しているから……。

「……うん。あたしも……レインの初めてが欲しい。だから……」

愛も私の秘部に手を伸ばしてきました。グチュッと細指を蜜壺に添えてきます。

「んんっ」

触れられただけだというのに、達してしまいそうなほどの昂りを覚えました。だけど、耐えます。抑え込みます。まだ達するには早いから……。イク時は愛と一緒がいいから…

…。

「……レイン」

「愛」

秘部に触れ合ったまま見つめ合い、互いの名を呼び合います。そのままどちらからともなく目を閉じ、顔を寄せ、キスをしました。

「んっ」

「んふううっ」

触れ合う唇と唇。脳髄まで溶けてしまいそうなくらいの心地よさに肢体をビクビク震わせます。そのまま指先を二人同時に互いの膣口に押し当てると——

じゅぶっ。

「あっは……んっんっ——くんんんっ」

「んんんっ！　あっあっ——はぁあああっ！」

愛の身体に、私の身体に、互いの指を挿し込みました。ブチブチと何かが切れるような音が聞こえた気がします。同時に身体を引き裂かれるような痛みが走り、指を挿入《い》れられた膣口からは破瓜《はか》の血が溢れ出しました。

「ふぐっ……あっ……これ……い、痛いっ」

走る痛みに私は眉間に皺を寄せます。

「んんっ……思ったより……結構……くううっ」

でも、それは私だけではありません。同じように愛も辛そうな表情を浮かべました。実際、かなりの痛みです。だけど、どういうことでしょうか？　痛いのに、辛いのに、なんだか嬉しいと思ってしまう自分がいました。

下腹部に愛を感じます。私の膣中《なか》に愛がいる。そんな感覚です。同時に私は愛の膣中《なか》にも入っている。

挿入しているのは指と指でしかありません。それでも、私達の身体は一つに繋がり合っている――そう思うことができました。

そうした想いを伝えるように愛を見つめます。

愛も同じように私を見てくれました。目と目が合います。なんだか恥ずかしさを感じて笑ってしまいました。笑いながら、眦からはポロポロと涙を流しました。痛みや悲しみの涙ではありません。喜びの涙でした。

そうして泣きながら、引き寄せられるようにまた、私達は口付けを……。

「ふっちゅ……んちゅっ……くっちゅ……んちゅうっ……」

「はっふ……んふうっ……ふうっふうっ……むふううっ」

舌を挿し込みます。口内を掻き混ぜ始めます。それと同時に挿し込んだ指も動かし始めました。

ぐっじゅ……ぐじゅっぐじゅっぐじゅっぐじゅっぐじゅっ……。

優しく抽送させます。愛も同じように私の膣中《なか》を指で擦ってくれます。

「はっふ……んんっ……これ……い……いいです。痛い……けど……んっは……はふぁあ……痛いけど……気持ち……いいっ」

指の動きに合わせてズキズキと痛みが走ります。でも、それ以上の愉悦を私は感じることができました。愛の指が動くたび、心も身体も蕩けそうなくらいの心地よさを……。

「あた……しも……んっふ……はふうっ……レイン……レインっ！」

愛も同じように愉悦を覚えてくれています。その姿がとても可愛らしく見えました。この可愛らしさをもっと引き出したい——素直に私はそう思います。そうした想いに逆らうことなく、更に指を……。

（感じて。もっと感じて下さい。そして私にもっと……愛を感じさせて……）

私達は別れなければならない。だから、未練を残すような真似なんかしてはいけない。辛くなるだけだから——ということは分かっています。痛いほどに分かっています。でも、膨れ上がる想いを抑えることなどできませんでした。

キスをして、指を蠢かせる。身体をくねらせ、ギシギシとベッドを軋ませる。

「あっあっあっ」

そのたびに聞こえてくる甘い声、

「んんんっ……いい……ですっ」

そのたびに上げてしまう愉悦の悲鳴。

そうした様々な音色を幾重にも重ね合わせながら、私達は二人同時に快感の頂に上り詰めていきました。

「い……イクっ！　愛……私……もうっ」

「あたしも……レイン……一緒……一緒にっ！」

できることならばずっと一緒にいたい。叶えられることのない想いを訴えながら――

「あっあっ――んぁあああっ」

「んんん！　んひんんっ！」

強く互いの膣奥に指を差し込み、私達は達しました。

挿し込んだ互いの指を強く蜜壺で締めつけ、重ね合わせた肢体を震わせる。愉悦と共に広がる幸福感。この後待っているのは悲しい別れ。でも、この瞬間だけは幸せだ――そう思うことができました。

「好き……です……。愛……貴女が……」

隠しておかなければならない想いを口にしてしまいます。

「あたしも……」

愛も同じように……。

駄目なのに、いけないのに――

「んっちゅ……んんんっ」

私はまたしても愛にキスをしてしまうのでした。

＊

行為の後、私達は無言で服装を整えました。

私はドレスを、愛はメイド服を着ます——制服には皺がついてしまいましたので……。

そうして服装を整えた後、私達は改めて互いに向き合いました。

愛はこちらを見つめています。視線を感じているだけで、愛おしさが膨れ上がってきてしまいます。でも、感じるものはそれだけではありません。同時に私は後悔もしていました。なんでこんなことをしてしまったのかと。

だから——

「用件はもうありません。出ていって下さい」

できる限り冷たく愛に命じました。ただ、性欲の処理だけがしたかった。だからもう貴女に用事はありませんとでも訴えるように、無表情で淡々と……。

けれど、愛は動きませんでした。ただ、私を見つめてきます。

「……っ、私の命令が聞けないのですか？　不敬ですよ。愛……貴女は自分の身分が奴隷にすぎないということを分かっているのですか？」

言いたくない言葉です。口にするたびに身が引き裂かれそうな想いを感じることとなってしまいます。それでも私は敢えて愛を奴隷だと改めて伝えました。私を憎んで欲しいと伝えるように……。

そんな私に対して愛は今にも泣き出しそうな表情を向けてきました。

「……レイン……辛いんだね」

その上で、そんな言葉を……。

まるで私の心を読んだかのような言葉です。私の心はその一言で大きく揺れました。

「な、何を言って……私は辛さなんて少しも……」

しかし、愛の為にも認めることはできません。私は否定してみせます。

「……その辛さ、私が終わりにしてあげる」

そんな私に対し、愛は泣きそうな顔を向けてきました。

同時にスカートのポケットからなにやらビンのようなものを取り出します。ビンの中にはなみなみと赤い色をした液体が注がれていました。

「え？　それは？」

液体の正体が分からず、私は首を傾げます。

ですが、愛はそれに答えてはくれませんでした。無言で彼女は私の前でその液体を口に含みます。そして――いきなり私を抱き締めると、キスをしてきました。

「んっ!?　んんんんっ!!」

唐突すぎる行為に私は瞳を見開きます。

そんな私の口腔に、先程愛が口に含んだ赤い液体が流し込まれました。

「んっぐ……んっんっ……んんんんっ」

抵抗なんかできません。私はそれを飲み干すこととなりました。

すると次の瞬間、私の全身から力が抜け始めました。

「あ……なに……これ？」

少し飲んだだけだというのに、立っていることさえできなくなってしまいます。私は倒れそうになってしまいました。そんな私を愛が抱き止めます。そこで私は気付きました。

「ど……毒……」

愛に毒を飲まされたのだということにです。

正直わけが分からない事態でした。なんで愛が私に？　それに、どうして守護の魔法が発動しない？　本来毒など効かないはずなのに……。

私は思わず愛を見つめました。

「ごめん……レイン……」

泣きそうな顔で愛は謝罪してきます。

「……やっぱりわた……しを……恨ん……で……」

奴隷にしたから？　好きだと想いを伝え合ったのに、貴女を捨ててシュテファンに嫁ぐから？　考えると凄く怖くなりました。ただ、これから自分が死ぬことに恐怖を覚えたわけではありません。そこまで愛に恨まれてしまったということが怖かったのです。

「違う。違うよ。あたしは貴女を恨んでなんかいない。あたしはレインが大好きだよ」

でも、愛は私を好きだと言ってくれました。強く抱き締めてくれました。

「そうですか……良かった……」

私は死ぬ――それは確実だと思います。自分の身体のことです。よく分かります。だけど、恐ろしさは簡単に消え失せました。愛が好きだと言ってくれたことで……。

これなら安心して私は……。

「私も……だい……好きですよ……」

愛が何故このようなことをしたのか、理由は分かりません。でも、好きだと思っていてもらえるのならばそれだけで構いません。安心して――逝けます。

重くなる目蓋。私はゆっくりと目を閉じようとしました。

でも、その瞬間、私は見てしまいました。

「貴女だけ逝かせはしないから……」

新たな毒を取り出し、愛自身がそれを飲もうとする場面を……。

「だ、だ……め……」

それはいけない。それだけは……。駄目です。そんなの駄目です。愛まで、愛まで死んでしまうなんてそんなこと……。

ああ、でも、力が抜けてく。目を、開けていられない。

いや、いやです！　神様……私は死にたくありません。愛を、愛を助けたい。だから神様、お願いです。私に……私に力をっ‼

必死に、私は心の底から神に願いながら、完全に意識を……。

…………………。

…………………。

…………。

……あ……い…………………………。

終章　一緒にいたい

「愛っ‼」

叫びながら私は目を覚ましました。

って……え？　目を覚ました？

どういうことでしょうか？　私は毒を飲んだはずなのに……。

いえ、それよりも愛は？

私は慌てて周囲を見回します。そして気がつきました。私の隣に愛が横になっていることに……。愛は目を閉じています。とても静かな顔。一見するとただ寝ているようにしか見えません。でも、分かります。愛はただ寝ているだけではないということが……。だって、だって、息をしていないのですから……。

「あ……愛……」

ソッと私は愛の頬に手を添えます。掌にはとても冷たい、ヒンヤリとした感触が伝わってきました。

「嘘……嘘です。こんなの……嘘です……」

夢であって欲しい。必死に私は願いました。でも、目の前の現実は変わりません。変わってくれません。愛はただ瞳を閉じたままです。間違いなく飲んだ毒で愛は命を……。

でも、でも……だったらどうしてですか？　なんで私はこうして目を覚ましたのですか？　まさか、守護の魔法が効いたから？　いえ、だったら最初に毒が効いたこと自体がおかしくて……。

なんで？　どうして私だけ？　愛はなんでこんな……。何故ですか？　これはなに？　夢？　思いたくない。こんな現実……いや。イヤです。いやいやいや——イヤですっ！

涙がこみ上げてきます。抑えることなんかできません。私は泣きました。愛を見つめながらただただ、涙を流しました。

そうして散々泣いた後、私は自分の周囲を見回しました。

そこで気がつきます。私の部屋ではないことに……。多分城でもありません。小さな小屋のような場所にいることに気付きました。でも、そんなことはどうでもいいのです。小屋の中を見回し、それを見つけました。机の上に短刀が置いてあります。それを躊躇わず、手に取りました。

（愛……貴女だけ逝かせはしません）

この選択が国にとって無責任なものだということは分かっています。だけど、多分、私が嫁いだり、婚約を破棄するよりはきっとアスタローテにとっていい結果にはなるはずです。婚約者が死んでしまった——となればシュテファンだって婚約によって我が国を乗っ取るという計画を破棄せざるを得ませんから……。

そこで私は、私を襲ってきた刺客が口にした、国の為に死んでもらうという言葉の意味を理解しました。

(こんなことならば、あの時大人しく殺されていればよかった)

そうすれば愛が死ぬことはなかった。こんなに苦しむことはなかった。

(いえ、でも……)

あそこで死んでいたら、僅かな時間ではあったけれど幸福を味わうことも……。

「ままならないものですね」

自嘲的に呟きつつ、私はナイフの切っ先を自分の喉元へと向けました。

愛、貴女のところに……今行きます。

「って、だ、駄目ぇえええええっ！」

「——えっ⁉」

その時です。突然背後から私はギュッと抱き締められました。温かくて柔らかな感触が伝わってきます。驚きつつ、思わず振り返ると——

「何しようとしてんのよ！　この馬鹿っ‼」

愛が私を抱き締めていました。死んだはずの愛が……。

「は？　あ……えっ？」

わけが分かりません。私は目を白黒させます。これって何？　私……夢？　夢を見ているのでしょうか？　思わず愛を見つめます。すると愛は「レインって案外分かりやすいのかもね」と言って笑うと、チュッと私にキスをしてきました。

伝わってくる唇の感触。これは決して――

「夢なんかじゃないでしょ」

唇を離し、クスクスと愛は笑いました。

そんな姿に私はまた涙を流しつつ、今度はこちらから愛を抱き締め、そっと唇にキスをしました。

「でも……だけど……どうして？」

「それはね……」

間違いなく先程愛は死んでいたはずです。それなのに――

そうした私の疑問に、愛は笑みを浮かべながら説明を始めてくれました。

＊

「愛さんにお願いがあります。この国の為に――姫様を……レイン＝ファル＝アスタローテ様を殺して下さい」

愛がレインに結婚を告げられた夜、ミストが真剣な表情でそう口にしてきた。

「意味が……意味が分かりません。なんでレインを？　しかも……ミストさんが……」

「簡単なことです。私は反王政派の人間ですから」

反王政派――その名の通り王政に反対している組織だとミストは説明してくれた。ただ、だからと言って王族や貴族を武力で倒すつもりはないらしい。平和裡に徐々に勢力を拡大することによって体制を変える――それがミストの属する組織のやり方とのことだった。

「――えっ？　だけど……ミストさんは……ずっとレインと……」

ミストが物心つく前からの側仕えだったはずではないのだろうか？

「はい。そうです。ですが、王族の近くにいるからこそ、思ったのです。この国は現在の体制ではもう保《も》たない――と。私はこの国を愛しています。だから、この国を救いたいのです。その為にはレイン様には死んでいただくしかありません」

既にレインとシュテファン貴族の結婚は決まっている。これをアスタローテ側から破棄すればシュテファンに何らかの制裁を加えられることは間違いない。故に破棄はできない。だからといってレインを嫁がせれば、間違いなくシュテファンは縁者になったことを理由に国に対して介入をしてくるはずである。将来的にはレインが産んだ子を王に据えることでアスタローテを属国にするつもりだろう。

破棄も婚約遂行もどちらも国の為にはならない。だからこそ、レインには死んでもらわなければならない――というのが、反王政派の考えとのことだった。武力ではなく平和裡に。しかし、必要であれば犠牲も厭わない。国の為ならば――とのことらしい。

「ですが、普通の方法でレイン様を弑《し》することはできません。王族は即死でもさせない限り、病や寿命以外で亡くなることはありませんから。ですから――」

そこでミストは一度言葉を切ると、改めて強い視線を愛へと向けてきた。

「私は考えたのです。守護の魔法を無効化する人間を召喚するということを……」

「しょう……かん……？　え？　あ、まさか……」

言葉の意味を愛は理解した。ミストはコクッと頷く。

「そうです。貴女をこの世界に召喚したのは私です」

はっきりそう口にすると、これまでの経緯を侍女は説明してくれた。

召喚術の心得はあったものの、まだまだ未熟であった為に、召喚場所が不安定になってしまったことを——その為、ミストの前ではなく街に喚《よ》ばれたらしい——。愛があまりに普通の女の子すぎたせいで、本当に魔法無効化能力を持っているのか疑問を抱かざるを得なかったことを……。

「私は召喚術以外の心得がありません。その為、愛さんが本当に魔法を無効化できるのか調べる術がなかった。城中にいる反王政派の仲間も、魔法が使えない人間だけでしたしね」

そんな不安定な相手に計画を話すことなどできない。だから召喚主であることなど、すべてを黙っていたらしい。

「ですが、その機会が訪れた。貴女が魔法無効化能力者であることが分かる機会が……」

「……あ、あの時の刺客?」

そこで思い出した。刺客が放ってきた魔法が自分の目の前で消えたことを……。

あの後、きっと城内には結界的なものがあって魔法を無効化できるのだろう——などと勝手に納得していたのだが、どうやらアレは愛自身の力だったらしい。

「そういうことです。ですから、貴女は王族を殺せるのですよ。貴女が握ったナイフで刺せば、貴女が毒を飲ませれば……姫様を殺せるのです」

そう言うとミストは懐から小瓶を取り出した。中には赤い液体が入っている。すぐに毒だと理解することができた。

「……そんなこと……私がするとでも？」

ミストの考えは理解できた。ただ、だからといって賛同できるものではない。レインの命を奪うなんてあり得ないことだから。

「はい、しますよ。これは我が国の——引いてはレイン様の為の行為ですから」

「……それは、死んだ方がマシだって言いたいんですか？　そんなの……」

死んだ方がマシ？　あり得ない。あるはずがない。死ぬってのは本当に辛いことで、残された人間を悲しませることで……。

それに、ミストの顔や言葉からは本物の殺意を感じない。本気でミストがレインを殺そうとしているようにはとてもではないが見えなかった。レインが死んだ方がいい——ミストはそんなことを考えるような人間ではないはずだ。なんとなくだがそう思う。

「違いますよ」

すると、愛の直感を認めるように、ミストは笑顔を浮かべると、首を横に振った。

「死んだ方がマシなんてあり得ません。それに、私はレイン様には死んで欲しくないと思っています。ずっと一緒に暮らしてきたのですよ。あの方は私にとって主人であると同時に家族です。大切な妹のようなものです。失いたくなどありません。だからです。だから、私は召喚術を使ってまで行う計画を立てたのです。レイン様を生かす為に、幸せにする為に、あの方を殺していただこうと……」

「――は？」

まったく意味が分からない言葉だった。生かす為に、幸せにする為に殺す？　一体ミストは何を言いたいのだろうか？

「簡単なことです。これは……ただの毒ではありません。仮死の薬なんですよ。一時的にですが飲んだ人間を死亡状態に変える薬です」

それが、愛の疑問に対する答えだった。

＊

「ってこと」

そこまで愛はレインに話した。

話を聞き終えたレインはしばらく呆然としたような表情を浮かべた後――

「なるほど……そういうことだったのですか……」

あっさりと事態を納得してくれた様子だった。

「私を仮死状態にすることで、表向きには完全に死んだことにする。実際に遺体があればシュテファンも納得せざるを得ないということですか」

「……まぁ、多分そういうことだと思う」

王女の言葉にコクッと頷いた。

「うん。話は分かりました。しかし、何故あの時、愛……貴女までこの薬を？」

「ああ、それは……もしもの為に……」

「もしもの為？」

「私はね、ミストさんが話してくれたことは本当のことだってそう思った。あの人は本当に真剣だったから。だけど、万が一ってことだってある。仮死じゃなくて本当に殺しちゃう薬かも知れないって可能性だって」

そうなると、愛する人を殺してしまったという最悪な結果だけが残ってしまう。そんなものに愛は耐えられそうになかった。

「だから、万が一の時は自分も一緒に死のう――と？」

レインはすぐに察してくれる。

「うん、そういうこと」

正解だとばかりに、愛は頷いてみせる。

その瞬間、バチンッと頬を叩かれた。痛みが走る。どうやらレインに平手打ちをされてしまったらしい。

「……馬鹿っ！」

レインはこちらを睨んできた。今にも泣き出しそうな目で……。

何を怒っているのか、すぐに理解できる。そんな彼女に愛は笑みを浮かべながら、自身より少し小柄な身体を抱き締めた。

「あたしさ、大切な人をまた失うなんて耐えられないんだよ。でも、ごめんね」

囁きながら強くレインを抱き締める。そんな愛を王女もギュッと抱き返してくれるのだった。そのまま互いの体温を確かめ合うように、抱き合い続ける。いや、ただ抱き締め合うだけでは満足できなくなってしまう。

やがて愛達は見つめ合うと、ソッと唇を寄せ――

「んっ……」

「ふちゅっ」

わき上がる愛おしさのままに口付けした。

口付けは一度だけではない。何度も何度も繰り返す。当然それは唇を重ねるだけでは終わらなかった。

「んっちゅ……ふちゅっ……むちゅうっ……」

「ちゅっろ……んちゅろっ……ふちゅろおお……」

互いの口腔に舌を挿し込み合う。舌に舌を絡みつかせて蠢かせる。グチュグチュという音色を躊躇うことなく響かせ合った。

濃厚な口付け――それに比例するように、愛おしさがより膨れ上がっていくのを感じた。もっと感じたい。もっと、もっともっともっと……。際限なく想いは膨張し続けていく。

「れ……レイン……」

そんなものに後押しされるように、愛は王女の身体を躊躇いなく押し倒そうとした。

だが、その瞬間、ギイッと小屋の扉が開いた。

「――あっ」

入ってきたのはミストである。

「……あっ！」

呆然とこちらを見るミスト。そんな彼女に愛とレインも表情を固まらせる。

瞬間――

「し、失礼しましたぁあああ！」

ミストは顔を真っ赤にして外に出ていった。まさに逃げるように……。

「ちょ、ちょっと待ったぁああ！」

「ま、待ちなさいミストっ！」

そんな彼女をやっぱり顔を真っ赤にしながら、二人で追う愛とレインなのだった。

＊

「そっか……半年も過ぎてるんだ」

捕まえたミストに状況を説明してもらった。

話によると仮死状態になってから、既に半年の月日が流れているとのことである。

「それで……国はどうなりましたか？　シュテファンは？」

「大丈夫です。シュテファンは手を引きました。王女との婚約というカードを失った以上、あの国がアスタローテに手を出すことはないでしょう」

「そうですか……それで……その……お父様達は？」

「陛下は……王権を放棄するそうです」

ミストははっきりとそう答えた。

レインという切り札を王は失った。結果、王権を守る為のシュテファンという後ろ盾もなくなった。最早王権にしがみついたところで、滅びの道しかない。いつか権力の座から蹴落とされる。最悪の場合、反乱ということだって……。

「自ら王権を放棄することで陛下は自身のお命を守ることとしたのです」

「そうですか」

レインは噛み締めるように頷いた。

その顔は、少しだけ、ほんの少しだけだけれど、ホッとしているようにも見えるものだった。どう考えても王は父親として最低な人間だ。それでもレインにとっては家族ということなのだろう。

なんとなく愛はレインの頭を撫でた。それに王女――いや、元王女は子猫みたいにうっとりと目を細める。

「貴族達の大半も王と同じ道を選んでいます。中には権力にしがみ続けようとしている者もいますが、遅かれ早かれ……」

愛おしそうにそうした二人のやり取りを見つめつつ、ミストは説明を続けてくれた。

「それで、愛さんはいかが致しますか？」

その上で、そんな問いを向けてくる。

「どうって？」

問いの意図が分からずに首を傾げた。するとミストは愛を真剣な表情で見つめつつ――

「元の世界に帰られますか？」

まるで予想もしていなかった言葉を向けてきた。

「――え？」

一瞬頭の中が真っ白になる。

「帰れるんですか？」

「はい……今ならば可能です」

そう言うとミストは召喚術について説明してくれた。

「世界には周期というものがあります。数多《あまた》存在する様々な世界、それらは近づいたり離れたりを繰り返しています。現在、この世界と愛さんの世界は最も接近している状況にありますす。だから、私は貴女を呼び出すことができた。だから……帰すことも可能ということです」

「帰れる……元の世界に……」

「ただし、機会は現在だけです。もう少しするとこの世界と愛さんの世界は離れることとなる。つまり……」

「戻れなくなるってこと？」

「そういうことです」

帰るならば今しかない――ミストははっきりそう告げてきた。

愛は思わずレインを見る。レインも愛を見つめてきた。二人は無言で見つめ合う。

「私は……私は愛の世界に行くことは可能なのですか？」

やがてレインが口を開いた。縋るような視線をミストへと向ける。それに対しミストは首を左右に振った。

「それは不可能です。送還術は元の場所に戻す為の魔法です。ですから、元々この世界の人間であるレイン様には……」

「そう……ですか……」

つまり、元の世界に戻るということは、レインと……。

「すみません。勝手に喚び出しておいて、このような決断まで下させるなんて……。本当にすみません」

ミストは何度も愛に頭を下げてくる。その顔は本当に辛そうなものだった。

「気にしないで下さい。あたし……感謝してますから」

そんな彼女に対して愛は笑ってみせた。

「かん……しゃ？」

「はい。だって……そのお陰であたしはレインと会えましたから。大好きだって、心の底から愛してるって思えるこの子と……」

語りつつ、ミストの前ということも気にせず、レインを抱き締める。レインは驚いたよ

うに瞳を見開いた。けれど、離れようとはしない。そういう反応にも愛おしさを感じつつ
――

「本当にありがとうございます」

ミストに対して礼を述べる。

その言葉にミストは一瞬呆然とした表情を浮かべた後「……ありがとうございます」そう言って涙を流すのだった。

「まぁ、そういうわけですから、あたしの答えは決まってます」

よりレインを抱き締める腕に力を込める。

「残ります。こっちの世界に……」

他に選択肢なんかない。

「……いいの……ですか？」

レインが愛の瞳を見つめながら尋ねてくる。

「うん。それでいい……。その、確かにあっちには友達も多いし、叔父さんや叔母さんって家族だっている。あたし、みんなのこと好きだから、もう会えないってのは寂しいよ。いきなりいなくなって心配させちゃってるだろうなってことも本当に申し訳なく思う。でも、でもね……それでも……」

そこで一度言葉を切ると、愛はレインにキスをした。ミストに見られている。でも、気にしない。愛おしさを伝えるように……。

「一緒にいたい子がいるからね。この子の為ならなんだってできるって子が……」

唇を離し、頬を赤く染めながら告げる。この言葉にレインは「恥ずかしいですよ」とやはり頬を羞恥で染めつつも、より強く愛を抱き締めてくれるのだった。

「大好きだよ」

「私も……大好きです」

誰かを好きになる。誰かを愛する——愛なんて名前なのに、ずっとその意味が分からないでいた。そういうことから目を背けようとしていた。でも、知ってよかった。知れてよかった。この気持ちを……。だから本当に、この世界に来ることができてよかった。

*

——数年後。

ミストのもとに手紙が届いた。差出人はレインだ。手紙によると、現在レインはローゼン共和国にいるらしい。アスタローテよりも早く、王政から共和制に政治転換した国である。

『この国で行われている政を学びます。いつかアスタローテにも活《い》かせるように』

手紙にはそう記されていた。

既にアスタローテは王制国家ではない。その上、レインは表向きには死亡扱いだ。だから政などに関わる必要などもうないのだ。

それでもレインは国の為に——まだそんなことを言っている。

（本当にレイン様と来たら……）

いつまで経《た》っても心配になってしまうお姫様である。

「でも、まぁ……今の貴女なら大丈夫でしょうね」

だって、レインは一人ではないから……。

彼女の隣にはもう一人の女の子がいるから……。

手紙には一枚の真写が添えられていた。

その真写に写されていたのは――

「ふふ……ほんと……バカップル……」

口付けをするレインと――愛の姿だった。

二次元ドリーム文庫

孤独なビッチ
異世界風俗のモン娘とエルフと魔王和え

凄腕の女傭兵シェリア＝イーノ＝ゴーロック。彼女の密かな楽しみは、夜の歓楽街でHをすること。しかし優柔不断な彼女は毎回迷うのであった。ラミアとレズエッチ、ショタ少年に逆レイプ、オークとイメクラ……。「焦るんじゃない。私はHがしたいんだけなんだ」今日も彼女は迷いながら独りで娼館を巡るのであった。

小説●上田ながの　挿絵●218

魔王転生

エロラノベで得た知識で異世界ライフ

保坂星太はエロラノベを読むことが趣味の、いたって健全な男子学生。そんな星太が転生した異世界では女勇者と悪の魔女が戦闘の真っ最中。「魔王」として召喚された星太は早速勇者に討伐されかかるが、「魔王は女を犯せば犯すほど強くなる」と教えられて……。エロラノベで得た知識を駆使して、新米魔王の異世界征服が幕を開ける！

小説●竹内けん　挿絵●A.S.ヘルメス

二次元ドリーム文庫

魔王様、ヤラれる前に異世界転生！

自ら地球に転生し、異世界からやってくる勇者対策を講じる魔王様。しかし記憶を失って幼馴染みと青春の日々を満喫。しびれを切らした配下の女悪魔がやってきてエッチしつつ魔王として覚醒していく。が、幼馴染みが阻止すべく身体を差し出して大人の関係に。そこに妹もやってきて異世界の命運をかけた大修羅場に！　『エルフの国の宮廷魔導師になれたので姫様に性的な悪戯をしてみた』シリーズの磯貝武連が描く、魔王＆異世界転生物語！「ノクターンノベルズ」発の本作が書き下ろしも加えて書籍化！

小説●磯貝武連　挿絵●弥弛

二次元ドリーム文庫 新刊情報

2D POCKET NOVELS NEW RELEASE

二次元ドリーム文庫 第392弾

ハーレムスローライフ

ドモス王国での兵役を終えた元軍人、ボロクル。田舎の地方役人チェルシーに誘われた彼は、戦争中に助けた孤児ノーラを引き取り、第二の人生として田舎で農業を営むスローライフを送ることにした。特産物のメロンを作ったり、年頃の女の子であるノーラの保護者として格闘する傍ら、一目惚れしたシスターのアンジュ、さらにはチェルシーと大人の関係になっていき…!?

小説●竹内けん　挿絵●大慈

6月下旬 発売予定!

本作品のご意見、ご感想をお待ちしております

本作品のご意見、ご感想、読んでみたいお話、シチュエーションなど
どしどしお書きください！　読者の皆様の声を参考にさせていただきたいと思います。
手紙・ハガキの場合は裏面に作品タイトルを明記の上、お寄せください。

◎アンケートフォーム◎　**http://ktcom.jp/goiken/**

◎手紙・ハガキの宛先◎
〒104-0041 東京都中央区新富 1-3-7 ヨドコウビル
(株)キルタイムコミュニケーション　二次元ドリーム文庫感想係

奴隷の私と王女様
～異世界で芽吹く百合の花～

2018 年 6 月 8 日　初版発行

【著者】
上田ながの

【発行人】
岡田英健

【編集】
平野貴義
山崎竜太

【装丁】
マイクロハウス

【印刷所】
株式会社廣済堂

【発行】
株式会社キルタイムコミュニケーション
〒104-0041　東京都中央区新富1-3-7ヨドコウビル
編集部　TEL03-3551-6147／FAX03-3551-6146
販売部　TEL03-3555-3431／FAX03-3551-1208

禁無断転載 ISBN978-4-7992-1143-4 C0193